"一带一路"沿线国家经典诗歌文库
（第一辑）

主编　赵振江
副主编　蒋朗朗　宁琦　张陵

哈萨克斯坦诗选

叶尔克西·胡尔曼别克　编译

作家出版社

译者叶尔克西·胡尔曼别克

叶尔克西·胡尔曼别克

哈萨克族，六十年代初出生于新疆北塔山牧场。

一九七九年考入中央民族学院汉语言文学系，一九八三年毕业，分配至新疆文联工作。中国作协全委会委员、中国散文家学会会员、中国少数民族文学学会副秘书长、中国作协少数民族工作委员会委员、新疆作家协会副主席，新疆文联党组成员、副主席。

自八十年代中期开始从事小说、散文创作和文学翻译。著有散文集《永生羊》《草原火母》《蓝光中的狼》《远离严寒》等，小说集《额尔齐斯河小调》《黑马归去》《天亮又天黑》《天下谎言》《枸杞》；翻译有诗歌集《天狼》《春天来了很久了》，小说《蓝雪》《寡妇》《原野飞雀》《黑旋风》，长篇报告文学《永不言弃》，电影剧本《永生羊》《小黑鸟》，大型舞蹈诗《生命树》等。作品被译成英文、法文、阿拉伯文等。曾获全国少数民族文学"骏马奖"优秀翻译奖、作品奖，中国作家协会出版集团奖，首届天山文艺奖，新疆青年文学奖优秀作品奖，多次担任全国少数民族文学"骏马奖"及全国儿童文学奖评委等。

目　录

总　序

　　二○一三年秋，习近平主席先后提出建设"丝绸之路经济带"和"二十一世纪海上丝绸之路"（简称"一带一路"）的倡议。"一带一路"一经提出，便在国外引起强烈反响，受到沿线绝大多数国家的热烈欢迎。如今，它已经成了我们在政治、经济和文化生活中最具活力的词汇。"一带一路"早已不是单纯的地理和经贸概念，而是沿线各国人民继往开来、求同存异、构建人类命运共同体的幸福路、光明路。正如一首题为《路的呼唤》[1]的歌中所唱的：

　　……

　　有一条路在呼唤

　　带着心穿越万水千山

　　千丝万缕一脉相传

　　注定了你我相见的今天

　　这一条路在呼唤

　　每颗心都是远洋的船

　　梦早已把船舱装满

　　爱是我们共同的家园

　　……

　　习主席关于构建人类"政治互信、经济融合、文化包容的利益共同体、命运共同体和责任共同体"的主张是人心所向，众望所归。联合国将"构

1《路的呼唤》：中央电视台特别节目《一带一路》主题曲，梁芒作词，孟文豪谱曲，韩磊演唱。

建人类命运共同体"写入大会决议，来自一百三十多个国家的约一千五百名贵宾出席二〇一七年五月十四日在北京举行的"一带一路"国际合作高峰论坛，就是最有力的证明。

在国与国之间，政治互信、经济融合、文化包容的基础在民心，而民心相通的前提是相互了解和信任。正是出于这样的理念，我们决定编选、翻译和出版这套"'一带一路'沿线国家经典诗歌文库"，因为诗歌是"言志"和"抒情"最直接、最生动、最具活力的文学形式，诗歌最能反映大众心理、时代气息和社会风貌。"'一带一路'沿线国家经典诗歌文库"是加强沿线各国人民之间相互了解和信任的桥梁。

"'一带一路'沿线国家经典诗歌文库"的创意最初是由作家出版社前总编辑张陵和中国诗歌学会会长骆英在北京大学诗歌研究院院会提出的。他们的创意立即得到了谢冕院长和该院研究员们的一致赞同。但令人遗憾的是，在本校的研究员中只有在下一人是外语系（西班牙语）出身，因此，他们就不约而同地把这套书的主编安在了我的头上。殊不知在传统的"一带一路"沿线国家中，没有一个是讲西班牙语的。可人家说："一带一路"是开放的，当年"海上丝绸之路"到了菲律宾，大帆船贸易不就是通过马尼拉到了墨西哥吗？再说，巴西、智利、阿根廷三国的总统不是都来参加"一带一路"国际合作高峰论坛了吗？怎么能说"一带一路"和西班牙语国家没关系呢？我无言以对。

古丝绸之路是指张骞（前一六四年至前一一四年）出使西域时开辟的东起长安，经中亚、西亚诸国，西到罗马的通商之路。二〇一三年九月七日，习近平主席在哈萨克斯坦纳扎尔巴耶夫大学演讲时，提出共建"丝绸之路经济带"的主张，赋予了这条通衢古道以全新的含义，使欧亚各国的经济联系更加紧密、相互合作更加深入、发展空间更加广阔，从而造福沿途各国人民。至于古老的"海上丝绸之路"，自秦汉时期开通以来，一直是沟通东西方经济和文化交流的重要渠道，尤其是东南亚地区，自古就是"海上丝绸之路"的重要枢纽。习主席建设"二十一世纪海上丝绸之路"的构想使其在新的历史起点上，有了更加重要而又深远的意义。

"一带一路"沿线国家主要包括西亚十八国（伊朗、伊拉克、格鲁吉亚、亚美尼亚、阿塞拜疆、土耳其、叙利亚、约旦、以色列、巴勒斯坦、沙特阿拉伯、巴林、卡塔尔、也门、阿曼、阿拉伯联合酋长国、科威特、黎巴嫩），中亚六国（哈萨克斯坦、土库曼斯坦、吉尔吉斯斯坦、乌兹别克斯坦、塔吉克斯坦、阿富汗），南亚八国（尼泊尔、不丹、印度、巴基斯坦、孟加拉国、斯里兰卡、马尔代夫、阿富汗），东南亚十一国（印度尼西亚、马来西亚、菲律宾、新加坡、泰国、文莱、越南、老挝、缅甸、柬埔寨、东帝汶），中东欧十六国（阿尔巴尼亚、波斯尼亚和黑塞哥维那、保加利亚、克罗地亚、捷克、爱沙尼亚、匈牙利、拉脱维亚、立陶宛、马其顿、黑山、罗马尼亚、波兰、塞尔维亚、斯洛伐克、斯洛文尼亚）。独联体四国（俄罗斯、白俄罗斯、乌克兰、摩尔多瓦），再加上蒙古和埃及等。

从上述名单中不难看出，"一带一路"沿线国家多为文明古国，在历史上创造了形态不同、风格各异的灿烂文化，是人类文明宝库重要的组成部分。诗歌是文学的桂冠，是文学之魂。文明古国大都有其丰厚的诗歌资源，尤其是经典诗歌，凝聚着国家和民族的精神和理想。各国之间的文化交流与经贸往来，既相互交融又相互促进，可以深化区域合作，实现共同发展，使优秀文化共享成为相关国家互利共赢的有力支撑，从而为实现习主席构建人类命运共同体的伟大目标打下坚实的文化基础。

"一带一路"沿线国家多是发展中国家。长期以来，我们一直比较重视对欧美发达国家诗歌的译介，在"经济一体、文化多元"的今天，正好利用这难得的契机，将这些"被边缘化"国家的传统文化和民族精神纳入"一带一路"的建设，充分发掘它们深厚的文化底蕴，让它们的古老文明在当代世界发挥积极作用，使"文库"成为具有亲和力和感召力的文化桥梁。

"一带一路"沿线国家又多是中小国家。它们的语言多是非通用的"小语种"，我国在这方面的人才储备相对稀缺，学科建设相对薄弱；长期以来，对这些国家的文学作品缺乏系统性的译介和研究。从这个意义上说，"文库"的出版具有填补空白的性质，不仅能使我们了解这些国家的诗歌，也使相关的学科建设和学术研究有了新的生长点。

"'一带一路'沿线国家经典诗歌文库"的现实意义和深远影响已经很清楚了，但同样清楚的是其编选和翻译的难度。其难点有三：一是规模庞大，每个国家一卷，也要六十多卷，有的国家，如俄罗斯、印度，还不止一卷；二是情况不明，对其中某些国家的诗歌不是一无所知也是知之甚少，国内几乎从未译介过，如尼泊尔、文莱、斯里兰卡等国；三是语言繁多，有些只能借助英语或其他通用语言。然而困难再多，编委会也不能降低标准：一是尽可能从原文直接翻译，二是力争完整地呈现一个国家或地区整体的诗歌面貌。

总之，"文库"的规模是宏大的，任务是艰巨的，标准是严格的。如何完成？有信心吗？答案是肯定的。信心从何而来呢？我们有译者队伍和编辑力量做保证。

"'一带一路'沿线国家经典诗歌文库"的编译出版由北京大学外国语学院和中国作家出版社联袂承担，可谓珠联璧合，阵容强大。

北京大学外国语学院是国内外国语言文学界人才荟萃之地，文学翻译和研究的传统源远流长。北大外院的前身可以追溯到京师同文馆（一八六二年）和京师大学堂（一八九八年）。一九一九年北京大学废门改系，在十三个系中，外国文学系有三个，即英国文学系、法国文学系、德国文学系。一九二○年，俄国文学系成立。一九二四年，北京大学又设东方文学系（其实只有日文专业）。新中国成立后，东语系发展迅速，教师和学生人数都有大幅度增长。一九四九年六月，南京东方语言专科学校和中央大学边政学系的教师并入东语系。到一九五二年京津高校院系调整前，东语系已有十二个招生语种、五十名教师、大约五百名在校学生，成为北大最大的系。

一九五二年院系调整时，重新组建西方语言文学系、俄罗斯语言文学系和东方语言文学系。其中西方语言文学系包括英、德、法三个语种，共有教师九十五人，分别来自北大、清华、燕大、辅仁、师大等高校（一九六○年又增设西班牙语专业）；俄罗斯语言文学系共有教师二十二人，分别来自北大、清华、燕大等高校；东方语言文学系则将原有的西藏语、维吾尔语、西南少数民族语文调整到中央民族学院，保留蒙、朝、日、越、暹罗、印尼、缅甸、印地、阿拉伯等语言，共有教师四十二人。

北京大学外国语学院于一九九九年六月由英语系、西语系、俄语系和东语系组建而成，下设十五个系所，包括英语、俄语、法语、德语、西班牙语、葡萄牙语、日语、阿拉伯语、蒙古语、朝鲜语、越南语、泰国语、缅甸语、印尼语、菲律宾语、印地语、梵巴语、乌尔都语、波斯语、希伯来语等二十个招生语种。除招生语种外，学院还拥有近四十种用于教学和研究的语言资源，如意大利语、马来语、孟加拉语、土耳其语、豪萨语、斯瓦西里语、伊博语、阿姆哈拉语、乌克兰语、亚美尼亚语、格鲁吉亚语、阿塞拜疆语等现代语言，拉丁语、阿卡德语、阿拉米语、古冰岛语、古叙利亚语、圣经希伯来语、中古波斯语（巴列维语）、苏美尔语、赫梯语、吐火罗语、于阗语、古俄语等古代语言，藏语、蒙语、满语等少数民族及跨境语言。学院设有一个一级学科博士点、十个二级学科博士点和一个博士后流动站，为北京市唯一外国语言文学重点一级学科。学院师资力量雄厚：全院共有教师二百一十二名，其中教授六十名、副教授八十九名、助理教授十六名、讲师四十七名，拥有博士学位的教师一百六十三人，占教师总数的百分之七十七。

从以上的介绍不难看出，北京大学外国语学院的语言教学和科研涵盖了"一带一路"的大部分国家，拥有一批卓有成就的资深翻译家和崭露头角的青年才俊，能胜任"文库"的大部分翻译工作。至于一些北大没有的"小语种"国家，如某些中东欧国家，我们邀请了高兴（罗马尼亚语）、陈九瑛（保加利亚语）、林洪亮（波兰语）、冯植生（匈牙利语）、郑恩波（阿尔巴尼亚语）等多名社科院外文所和兄弟院校的专家承担了相应的翻译工作，在此谨对他们表示诚挚的敬意和衷心的感谢。

有好的翻译，还要有好的编辑。承担"'一带一路'沿线国家经典诗歌文库"编辑出版任务的作家出版社是国家级大型文学出版社，建社六十多年来出版了大量高品质的文学作品，积累了宝贵的资源和丰富的经验。尤其要指出的是，社领导对"文库"高度重视，总编辑黄宾堂、前总编辑张陵、资深编审张懿翎自始至终亲自参与了所有关于"文库"的工作会议，和北大诗歌研究院、北大外国语学院的领导一起，精心策划，全力以赴，保证了"文库"顺利面世。

最后还要说明的是，"'一带一路'沿线国家经典诗歌文库"得到了北大校领导的大力支持。"文库"第一批图书的出版恰逢北京大学建校一百二十周年（一八九八年至二〇一八年），编委会提出将这套图书作为对校庆的献礼。校领导欣然接受了编委会的建议，并在各方面给予了大力支持，校党委宣传部部长蒋朗朗同志从始至终参与了"文库"的策划和领导工作。至于北京大学外国语学院的领导更是责无旁贷地承担了全部翻译工作的设计、组织和落实。没有他们无私忘我、认真负责的担当，完成这样艰巨的任务是不可能的。

"'一带一路'沿线国家经典诗歌文库"第一批诗作即将出版，这只是第一步，更艰巨的工作还在后头；更何况随着时间的推移，"一带一路"的外延会进一步扩展，"文库"的工作量和难度也会越来越大。但无论如何，有了这样的积累，我们完全有理由相信，"'一带一路'沿线国家经典诗歌文库"会越来越好。为了实现这样的目标，我们期待着领导、业内同仁和广大读者的批评指教。

赵振江

二〇一七年秋于北京大学蓝旗营寓所

前　言

　　哈萨克文学是世界文学的重要组成部分，自古有着深厚的民族文化传统。根据相关研究，哈萨克文学最早可追溯到中世纪初叶的胡尔胡特；现代意义上的哈萨克文学概念的确立，又与十五世纪哈萨克汗国的兴起紧密相连，可追溯至十五世纪。为配合做好"'一带一路'沿线国家经典诗歌文库"选译工作，本书所选哈萨克经典诗歌作品主要是自十五世纪哈萨克汗国以来著名诗人阿桑海格·萨比提之后的四十一位哈萨克斯坦代表性诗人和他们的作品。

　　十五至十七世纪哈萨克诗歌的主要呈现形式为"哲绕"[1]诗，诗人为"哲绕诗人"。"哲绕"诗根基源远流长，是哈萨克诗歌的一种传统形式。这类诗歌的主题和内容多以表现诗人对社会生活、人生及命运，包括一些人物事件的思考、感怀，及对汗王的劝谕。代表人物有阿桑海格、沙利基孜·特林奇、喀兹图根·素因齐。他们是古典哲绕诗人的杰出代表。阿桑海格·萨比提是十五世纪哈萨克著名的哲学家、诗人，他博学多才，见多识广。原名阿桑，海格（悲愁之意）则是人们鉴于他一生忧国忧民、悲愁不已，而冠于他的尊称。他曾经担任金帐汗国重臣。无论是在可汗的宫殿，还是在广阔的草原，阿桑海格都旗帜鲜明地主张统一，反对分裂，强调人与人之间应和睦相处。据说他离开汗王宫之后，曾经骑着一头白色的骆驼，为天下庶民寻找没有欺凌和压迫，水草丰美的人间乐土，并为此奔波终生，在民间传为佳话。

　　十八世纪哈萨克人受到准噶尔入侵、沙俄领土扩张及吞并。哈萨克诗歌便主要反映了这一时期人们在社会政治、经济生活方面的变化。代表性哲绕诗人有布哈尔·哈勒哈曼等。他们作品的思想主题倡导团结一致，同仇敌忾。艺

---

[1] "哲绕"：哈萨克语中意为诗人，哲绕诗人活跃于十二至十九世纪之间，主要分为民间哲绕和宫廷哲绕，他们的作品多以劝谕诗和哲理诗为主，善于用艺术化的诗句和形象化的表达呈现朴素的哲理思考。

1

术上亦传承了哈萨克古典哲绕诗的传统，凝练上口，便于流传。

十九世纪上半叶，随着哈萨克社会与沙俄在政治、经济、文化诸方面交流加剧融合，社会动荡加剧，起义不断。这一时期的哈萨克文学一方面受到俄罗斯文学的影响，一方面也顺应了时代的变化，表现出了对自由与解放的强烈愿望。马翰别特·沃铁墨斯便是其中代表，他写给起义将领伊萨泰的诗歌便是代表性作品。十九世纪下半叶，随着社会阶层和阶级矛盾的分化，哈萨克社会出现了要求民主进步的思潮及其代表人物，如哈萨克著名教育家乔罕·瓦力汗诺夫，他的著作主要探讨"进步"与"接受"等社会话题，著有《草原穆斯林》《关于吉尔吉斯人》（沙俄时期，"哈萨克人"的概念多与"吉尔吉斯人"的概念混用）等；以及小说家 E·阿勒腾萨林，诗人阿拜·库楠拜等。这批文人及学者的出现，在很大程度上深深影响了哈萨克诗歌的发展。其中，尤以阿拜·库楠拜为哈萨克现代诗歌的形成与发展做出了巨大贡献。他的诗歌集思想性、艺术性、探索性于一体，不仅深受哈萨克传统诗歌的影响，同时也受俄罗斯及东方文学影响。他的箴言绝句，也开创了哈萨克散文和杂文的先河。

而后哈萨克诗歌受到了二十世纪初俄罗斯资产阶级民主思想和无产阶级革命、第一次世界大战及一九一六年民族解放运动的影响，被学界誉为是哈萨克文学及诗歌"复兴"时期。这一时期的代表性诗人有苏勒坦麻赫穆提·托热艾葛勒，他的诗歌不仅充满了悲天悯人的情怀，而且具有强烈的现实批判精神，特别是对社会生活中的阿谀奉承、夜郎自大的人间丑态进行了批判。进入二十世纪中叶，哈萨克诗歌开始融入苏联文学。代表性诗人有夏克热穆·胡黛别尔德、阿合麦提·拜吐尔逊、米尔贾合夫·杜拉特、马葛詹·朱麻拜耶夫、赛肯·赛弗林等，他们的诗歌创作留下了鲜明的时代生活印记，是浪漫主义与现实主义结合的产物。二十世纪中叶，第二次世界大战的主题成了哈萨克诗歌的主要表现内容，表现出了强烈的民族解放和争取反法西斯战争胜利的愿望，以及战争给人们的生产生活和心灵世界造成的巨大创伤。战后诗歌亦开始注重生活和信心的重建，开始更多地关注人们的内心感受和精神道德，代表性诗人有哈夫·海依尔别克夫、穆喀哈力·麻哈泰耶夫、奥扎斯·苏来曼、穆赫塔尔·夏罕诺夫、法丽扎·翁哈尔森诺娃等。进入新世纪之后，哈萨克诗歌开始关注人与人、人与社会、人与环境、人与自然的话题。艺术手法上也在寻求或探讨现代诗歌的新的表现形式等。

总体来说，从这四十一位哈萨克诗人的诗歌中，我们看到了哈萨克诗歌自古以来代代相传的家国情怀和人民情怀。英雄主义的责任与担当几乎是全部诗歌的主题；而且，我们不难看出，作为草原民族的哈萨克诗人的诗歌，确实有着其地域及生产生活的鲜明特点，草原的物象和意象在他们的诗歌中，有着不可替代的特点与传承。

叶尔克西·胡尔曼别克

阿桑海格·萨比提
（生卒年代不详）

　　十五世纪哈萨克历史文化名人，哲绕、思想家、诗人，金帐汗国末期著名的宫廷活动家，曾参与金帐汗国末代可汗贾尼别克朝政。一四四五年，在喀山的金帐汗国最后一任可汗穆哈买德死后，阿桑海格·萨比提回到钦察草原。

生无领鬃无尾毛兮

生无领鬃无尾毛兮,

野马何奈度日;

生无努臂无行足兮,

蛇蜒何奈度日;

仲夏蛆虫生蚊蝇兮,

秃夫何奈度日;

赤足赤脚荒地走兮,

鸭雏何奈度日。

致贾尼别克可汗 [1]

至尊的可汗，臣不进言，汗难明理，
臣既进言，汗却仍不服理。
汗之家国正遭敌寇侵扰，
涂炭她美丽疆域，
汗竟迷醉马乳精酿，
赤目红颜，
嫣然今世唯尊帝王，
尽可狂饮诳语！
殊不知汗宫城池内外，
此时君臣浑噩，
可汗不在意！
汗娶奴婢为妻，
沦丧王室天承，
王子血脉不纯，
国将不期，
汗却不在意！
鹞鹰本飞禽中之贱父，
卑微食鼠欲成大器，
天鹅本为群鸟之王，
只知万顷碧波涤荡翎羽，
不知天下多劲敌，
敌向庶民从不讲道义。
然，屠杀戮鹞鹰天鹅者，
终遭天谴霹雳！

1　贾尼别克可汗：金帐汗国末代可汗。

臣阿桑早已深明此理，
汗却为何不在意？
阿桑进言：将身跨驼公，
去寻觅世外佳塬，
盼可汗建都那里，
汗却并不在意！
世事沧桑何有期？

乔尔泰鱼水中游弋，
或将择日树上栖？
汗却为何不在意！
别兮，安兮，贾尼别克可汗，
切记，切记，臣将离去。

皓皓宝石

皓皓宝石
静在水下，
精诚良言，
珍藏心底，
风推波澜，
方显宝石，
情至意归，
方倾心语。

水中摇曳的鹅雏啊

水中摇曳的鹅雏啊

可知草原的宽阔？

游走草原的鸨鸟啊，

可知水中的温柔？

阿吾勒[1]里的蠢材，

可知家国的深厚？

不逐水草的人们，

可知牧游的乐道？

如逐草忘了扎营，

扎营又忘却逐草，

永难深悟故土的好。

---

1 阿吾勒：即村落、家园。

斯普拉·苏尔哈勒塔衣
（生卒年代不详）

　　据有关研究及口传资料，应生活于十四世纪与十五世纪，斯普拉为"施娜所生，见过成吉思汗"，相传活到一百八十岁。他的作品在哈萨克人、诺盖人中流传广泛。

寻 驼

旷野苍茫悠悠行

四蹄踏坤走不停

红鬃长长尘埃挡

驼峰脂多赛山岭

其乃我家黑驼母

走散多日无踪影

苦觅足痕寻驼来

相告我乃寻驼人

伏尔加河流水长

无桥岂能河上行

黑驼如若不归乡

怜我伤悲心难平

毡篷右侧帷幔挂

夜来新人幔不静

可知何日黑驼母

携带驼羔再归营

劝汗王

啊　尊贵的汗王

且听我诉衷肠

谁人不曾有过

生后财富万两

雏隼初见血腥

亦会感到恐慌

百灵雏鸟来世上

也会黎明歌唱

被箭刺痛的伤易愈合

恶语刺伤的心却难抚平

三思慎言

话才能对错分明

可惜那些诺盖亲人

却成了荒郊的腐肉

他们曾亲如我的眼睛

（汗王啊）您的疆域辽阔

没有谁人敢比拼

您的臣民这样众多

没有谁人敢比拼

（汗王啊）莫再像游隼般疯狂

贪图血腥

莫再像燕隼般疯狂

胆敢贪食恶狼

莫再像猎狗般疯狂

胆敢贪食野狐

嗜血必遭天谴

天谴必遭祸殃

遭遇祸殃的家国

必将处处坟茔

（汗王啊）莫再嗜好征战

征战只能招之灾难降临

无谓的争斗

招来民不聊生

您曾征战铁穆尔汗

抢来了您的臣民

臣民成就了您的汗国

山呼您为长胜的国君

如今您已功成名就

还有什么不称心？

（殊不知）人们不想再看到血腥

杀戮让他们胆寒心惊

战争有自己的法则

血流成河

那是给汗王的赋税

是百姓被扯下的肋骨

无辜的流血洗不清

抢来的财难成金

暴君不会得民心

恶汉难得良女心

染血的衬衫难上身

俘来的奴婢难为亲

可怜苦口劝汗王

只因此心难从汗王的敌人

我是哲绕

我是哲绕，是哲绕
是那秋霜打青草，
身在汗府，
言为汗王，
比¹中显高，
民中显骄，
有言之处我显风骚，
荒凉之漠我显天骄，
波涛之巅我显灵舞，
众鸟之中我显云霄，
用武之地我现宝刀，
誓离谗言万尺遥。
一生却见太多汗王，
涂炭百姓泪水尽涛，
威猛将士生本威武，
亦如松柏为汗身倒。
几多明君百姓尊崇，
金言汗王却向风抛。
汗却万簇放向民众，
民不聊生苦泪洒尽。
安拉²缔人，
本意为善。
我降人间，

1　比：哈萨克民间仲裁者。
2　安拉：真主。

却见汗王大失公道，

无辜庶民冤死荒郊，

敌人劫掠无度，

掠去金银财宝。

那是安拉的赐予，

本为天下富饶。

汗王啊，

切莫恋战。

唯有付出辛劳，

方能淘得真宝。

茹苦含辛，

方能牛羊遍地跑。

天下安宁，

方能求得家国安好。

无谓的厮杀，

只能得来四邻血染。

恋战的汗王，

只能变成孽妖。

若是民心散尽，

终是严寒料峭，

山河冰凌与天高。

求汗王，善待臣民，

可怜天下民心。

只怕是汗王逆向民意，

终得激起民愤，

民必揭竿而起，

妇道亦为须眉，

与男齐武并道。

只怕汗王到那时，

领袖之运旨向风抛。

沙利基孜·特林奇

（一四六五年至一五六〇年）

哲绕，中世纪哈萨克文学卓有贡献的著名诗人。从小受过良好的教育，并在年轻时多次参加保卫家园的战役。

若无疆土千万里

若无疆土千万里

岂有战马赛骐骥

若无国耻笑壮士

岂有铁甲身上披

若无锦线饰银袖

岂有闲情充雅趣

若无尤物婚相约

岂有忠贞心相许

若无银胄配弯月

弯月盔顶若新月

岂有豪杰志不移

箭一般穿越疾风

箭一般穿越疾风的，
是男儿对良马的企及。
沙场格斗扯不烂的，
是战士无袖的铁衣。
连盔砍下贼寇首级的，
是壮士们至高的荣誉。

枝叶繁茂的大树

枝叶繁茂的大树，

绿叶沙沙　且叹劲风来助，

腰杆耸立　且叹生为天独。

智者的愤怒　且叹愚民鲁莽，

富人的矫情　且叹几多财富，

白鹿狂奔　且叹荒原无度，

好汉志强　且叹家传风骨，

单枪匹马去杀敌，

且叹老天在上，

生死谁能符？

劝帖木尔汗

天黑云沉沉，

或将风雨来临。

湖面禽鸟啾啾，

或遭天敌侵扰，

鼓噪不停。

芸芸苍生，

有一人哭泣，

或因人舌邪恶，

蒙受冤屈。

我伟大的、至尊的、英明的可汗啊，

我的阿拉伯骏骐，

我的银柄的利刃，

我的宝刀金剑！

无知者言无顾忌，

我至尊的苏丹汗王啊，

我膜拜的圣殿！

若有一只箍金的银杯，

我定献汗王，

若此生必为御马，

我定为汗王效力，

因我是那棕色的骏骑，

众虎猛将之一。

（汉王啊）君却将我看低，

与那草莽相比拟。

君如此看低，

这样相比，

但我仍将强壮自己，

趁君健朗我身健硕，

去寻觅属于我的福地，

不惜八方路万里。

曾经的伏尔加河，

浪高竟与马镫齐。

大湖苍茫，

波光粼粼，

那是老天有威力；

湖边黛林森森，

叶涛声声，

那是老天的威力；

君若鞍下抽斧，

斧光寒注，

膝叩皮鞍劲风舞，

那是祖宗显灵，

是老天显威武；

绣线菊根深深，

盘根又错节，

亦能参天变大树，

君乃贤能之后，

若不吝惜性命与财富，

总能一日有人相助。

成荫的大树，

成器的好钢，

不该随波沉浮，

若是由其随波沉浮，

用时必然无觅处。

狩猎猛禽于大湖，

威猛自靠力来助，

出征沙场，

敌剑难刺铁铸戎服。

劝君趁天下太平，

赊财招士纳贤，

才能临危之日，

敌人等闲难用武。

劝君莫把精力，

耗与力士争强，

君将不君，

或成天下笑故。

与无情的朋友做伴，

不如与无情的恶人共舞，

若防恶人一分，

劝君定防，

身边貌合神离的朋友一万分。

劝君莫向天舞剑，

剑总落在近处。

莫向小人吐心谱，

当君落难之日，

必是自悔无度。

人间有善，

亦有磨难，

善恶岂能自成一贯。

若君是贵金，臣则是铜币，

若君是蚕丝，臣则是毛皮，

若君是苏丹，臣则是奴隶，

若君是苍鹰，臣则是蝼蚁，

今君需进言，

至尊的苏丹，臣若出言不逊，

只当作君的良友，臣的敌人，

若臣所言有益，

尊请君向众臣施言。

杜斯盘别特

（一四九○年至一五二三年）

十五至十六世纪哈萨克著名的哲绕。多次参
与过哈萨克抵御外族入侵的战役，为战地诗人。
一五二三年在一次率领军队征战阿斯特拉的战役中
不幸中箭身亡。他的诗歌主要记述和描述了他的征
战生涯。

无　憾

扎营丰湖富水畔，
营盘游牧自无憾。
雄狮独立儿马[1]背，
好汉出征自无憾。
锦衣款款披在肩，
出入百宴自无憾。
相逢更饮酿马乳，
君醉乳香自无憾。
外寇胆敢来犯时，
弯弓箭出碧空寒，
血落箭林雨如注，
红流飞溅三百尺。
壮士挥剑黄冈上，
战死沙场自无憾。

1　儿马：公马。

敌寇豹临城将摧

敌寇豹临城将摧
豹影城下形鬼魅
壮士策马迎战去
忽见老者策马随
敌人友君齐叹之：
莫非，
杜斯盘别特去拿贼！

阿　卓[1]

阿卓在百泉一侧

景色不比伊斯坦堡逊色

阿卓的好汉杜斯盘别特

才情不比王子逊色

智慧不比官吏孱弱

腾格里神赐予他的光阴

得到的比王公贵族更多

阿卓智谋双全的贤士

无人堪比杜斯盘别特

1　阿卓：地名。

为留守的家小妻儿而做

晨光兮兮渐亮东方
误将启明星比作太阳
绿塬深处战马闲时
风吹军帐旷野苍茫
夏来壮士几多征战
军骥劳顿骨瘦颈长
谁知留守家中妻儿
是否平安是否安康

战马受伤

飞弹穿过战骥

刺中马尾骨

恰似刺穿艾玛叠特 [1]

节节腰骨

坐鞍黑血如注

浸染脊椎

猛却见续来利箭

刺伤勇士鲜血流

性命再难驻

凝血渐固

郎中遥在无觅处

灯芯不炷

独身荒郊身将去

苦无亲友来相助

---

1 艾玛叠特：人名。

敌箭伤我林水旁

敌箭伤我林水旁

落鞭远在平川上

惜那鞭身鹿皮织

精编马筋八股强

金镶柄身铜嵌梢

奈它遗失贝孜地方

悲嗅臭鼬喂胡狼

阿里[1]之女系吾妻

阿里之女系吾妻

千媛丛中最佳丽

烈日不曾晒娇额

野风不曾吹发鬐

唯叹世事从未见

岁月蹉跎何所依！

可惜娘亲霍赛伊[2]

天生堪比汗王女

双臂伸开显白皙

撑起大帐顶苍宇

胸前十粒纽扣开

乳喂孤儿寒帐泣

叹还需几多勇气！

亲爱的乌拉尔河啊

纵马横渡已成往昔！

汉王宫帐门开，

躬首拜谒亦成往昔！

还有那野鹿皮做马靴

洒脱的四邻亦成往昔！

叹皮绳穿针铁衣

凛凛铠甲亦成往昔！

战马铮铮铁骥嘶

威猛出征亦成往昔！

1　阿里：人名。

2　霍赛伊：人名。

战斧长柄握在手

挥舞疆场亦成往昔！

六尺长矛寒光掠

披靡敌军亦成往昔！

叹箭囊背在身后

拔手举过肩头

抽箭上满弯弓

箭飞敌营亦成往昔！

问君战事营帐下

讨教军情亦成往昔！

且叹扎营伏尔加

帐旁骒马绿草萋

皮囊坐地马乳香

俊男靓女皆欢喜

玛尔哈斯哈

（一五九八年至一六二八年）

生活于哈萨克叶斯木汗可汗时期，曾作为叶斯木汗可汗宫廷诗人和军中长官，并随叶斯木汗可汗出征，讨伐图谋分裂哈萨克汗国并觊觎吞并塔什干城的吐尔逊可汗。

残暴的可汗吐尔逊汗

残暴的可汗吐尔逊汗

自古恶人遭到天谴

你凌辱百姓从无度

自称人间腾格里神

可你不是君王是虎狼

是魔鬼邪恶的化身

今日你虽卧汗王的宝座

却终将成为最可悲的人

伟大的汗王叶斯木汗

此刻就在你门前

汗要取下你的头

让你罪恶的污血飞溅

基茵别特·博尔特哈什

（一五八八年至一六二八年）

曾作过叶斯木汗的司马，参与朝政，并掌管哈萨克小帐，多有功勋。但后因他的弟弟卓楞别特劫持了卡尔梅克人觐奉给叶斯木汗的妃子，叶斯木汗要杀死卓楞别特，两人之间发生了摩擦，分道扬镳，基茵别特·博尔特哈什终趋弱势，被流放荒岛。

致叶斯木汗

叶斯木汗，你的口谕让人心寒
你我不再话无间。
你让我取好汉的头颅，
让他鲜血流干，
经受狱火之炼。
不承想，我身单，
我的可汗，你的口谕实难实现。
虎将卓楞别特是个好汉，
不会陷身祭台死等闲。
何况此刻他身在前线，
与卡尔梅克人决一死战。
我的可汗，请睁眼看，
我的人民千千万万，
八方到此向你请愿。
是我——基茵别特，
亲率众亲走在最前。
他们不惜牛羊，
不惜路途遥远，
志众信念强悍，
何况我们还有神明的老天。

别

手足被迫
广袤天地从此落寞，
我将此去，
却未了胸中太多焦渴。
泪别哈勒曼、舒兰我的兄弟，
怜我赤子之躯，
是否重踏故道，
重温故土山河。
可否重起义兵，
重振山河，
忠孝两全为家国。
暴君和可汗们，
是否俯首我举义的干戈，
为我的虎威永远埋没。

衣食无忧的人

衣食无忧的人，
牛羊遍地走。
纵使狂来的风暴，
总有停歇的时候。
却叹战士的宝剑，
静挂毡房的格栅[1]，
敌仇难报，
时光空度。
身在这孤岛上受尽苦难，
只因对抗可汗，
日夜兼程，
报效家乡父老。
但壮志已定，不怕人头落地，
忠孝永远怀揣心间，
与战马为伴。
却笑今日离别故里，
如逃离男人的妇人。

---

1 格栅：毡房内龙骨基架。

喀兹图根·素因齐
（生卒年代不详）

十七世纪哈萨克著名战地诗人（相当于边塞诗人）、骑士、武士、哲绕。父亲阿布都拉亦·素因齐与祖父均在诺盖汗国汗宫供过职，对他的诗歌创作影响深刻。

冰峰直插白云间

冰峰直插白云间，

山高风疾鸟飞断，

勇士志壮征战去，

列队行军在山巅。

利剑铁柄金丝带，

遇寇舞剑，

剑下顿时血飞溅。

坐下儿马好祖先，

苦驯身得轻步走，

转眼卡拉[1]、阔斯木[2]留天边。

山河万顷白浪翻，

水深鱼儿光不见，

相逢却是鱼跃浪欢。

壮士生来好祖先，

心中疾苦不轻弹，

不作苍生生笑谈。

---

1 卡拉：地名。

2 阔斯木：地名。

啊嘟　啊嘟

啊嘟　啊嘟

啊嘟　啊嘟　我的故乡，

白帐汗宫坐落的地方，

祖爷苏因德克作新郎的地方，

祖母博孜图甘作新娘的地方，

强壮的喀兹图根，

脐血滴落，

尽洗岁月风尘的地方，

是擎天松柏化作利箭，

利箭羽翎盛满箭囊，

保卫我们生活的地方。

萨勒 [1]—萨勒粉夏克 [2]　三河之旁，

白帐汗宫坐落的地方，

这里弱生的驼羔，

长成了雄驼，

曾经可怜的病羊，

繁衍成行。

这里贵贱相当，

驽马骏马并驾，

断崖深壑同景，

野果小牛一样，

鲫鱼小羊一样，

1　萨勒：地名。

2　萨勒粉夏克：地名。

草鱼小马一样，

蛤蟆鼓噪牧归一样，

牵牛花覆盖卧驼的脊梁，

鱼跳惊鸿群马四方，

蝉鸣长夜，

伴人入梦，

不得梦中安详。

惜哉，我的伏尔加，

今却要我别故乡。

孩儿将去，祝福你，

我亲爱的伏尔加故乡。

阿赫坦别尔德·萨热

（一六七五年至一七六八年）

生活在哈萨克草原遭准噶尔人入侵后期，曾多次参与保卫家园的战役，以诗歌作武器，鼓舞人们的斗志。准噶尔人被击退后的时期，致力百姓恢复生产。他的诗歌多以马为题材，反映了当时人们的精神世界和世俗生活。

预　想······

预想何日铁骥铮铮
骐骥伴军旷野长行
毛革飘带肩上飞舞
铠衣寒光披挂在身
战袍金领铜丝为袖
银盔金雕黑眸传神
备身行头只为出征
预想何日战马腾兔
却为空肠饥不择食
马竿长长神驹虎跃
相伴壮士唯有它成
预想何日神驹跨下
手中紧握长矛铜铃
冷风迎面率兵出战
官兵列列身后疾行
预想何日红缨飞舞
营中敌寇闻风逃命
拔箭出鞘箭上弦头
箭诀弓满只待令行
众箭呼啸横向敌寇
惊飞野鸟红柳丛中
预想何日险崖叶落
叶落当被抵御寒风
预想何日荒郊采莓
辘辘饥肠果腹存生
预想何日败敌过后

铜柄马鞭又挥手中

踏遍青塬重寻草地

父老乡亲还需营生

预想一日贤君相聚

笑谈旧事胡须生俏

唯咱好汉铮铮谁不俏风

养　德

小风小风风吹风，
风吹野地小鹿生，
家风积德儿郎秀，
牛羊多来财亦盛。
家兄心齐手携手，
福鸟欢悦落头顶，
修得贤能亦长成。
如若膝下无后生，
良言再好人不听，
无亲无后无友人，
活得肉身不如死，
苦了老父生难存。

一片赤胆为报国家

敌人的蹂躏和践踏，
让我心中恨水满闸，
年方十七披上铠甲，
银弓金箭手中拿，
杀向敌寇誓不退缩，
一片赤胆为报家国。

布哈尔·哈勒哈曼

（一六九三年至一七八一年）

　　是哈萨克著名哲绕、诗人，十八世纪哈萨克人抗击准噶尔人侵略斗争的发起者和组织者，阿布莱可汗的重要智囊人物。

香　腰

虽不知太阳走了月亮是否还有光亮

月亮走了太阳是否还有光芒？

却知盛开的郁金香凋零后

会让原野枯草荒凉

汗王高贵的皮袍

旧了会变成褴衣褛裳

昔日堂皇富丽的宫阙

有朝一日会变成残垣断墙

作官宦一旦得到宝座

只怕迷失为官之道

闺中娇娥一旦出嫁

会忘了自己彩礼的身价

牛车一旦断了车轴

滚滚木轮再难行走

君子一旦为无德女子蛊惑

亦难功成名就

汗宫与王宫，宫宫至尊

虽败敌人却难汗王两朝

驼公驼峰肥壮之时

意味性命难长久

少女酥胸丰满之时

预示作了人妻红颜难驻

富人牛羊遍地

或遭盗贼旁眼

一贫如洗

更叹香女头缠绫罗

银梳理丝

回眸百魅

步履婆娑

悠悠香腰

暮岁之年难再红颜

别以为天高地阔

别以为天高地阔

月亮不会陨落

别以为取水无度

大湖不会干涸

别以为荣华富贵

财富永不殆尽

别以为草民穷途末路

牛羊转场夏营盘时

脚步赛不过富人的车辙

别以为孤雄形单

力量难抵强敌

沙场难取沼泽

别以为荒原无垠

野马尽头跑不过

别以为慵懒的骒马

生不出仙驹

弱生的小马

难成大气魄

别以为穷命天定

牧羊棍带不来财富城垛

丧　失

门前牧草用尽了
丧失掉的是土地的锦绣。
朋友之情相悖了
丧失掉的是家国和乡愁。
妯娌姐妹相轻了
丧失掉的是家园的和睦。

辩　才

崇山峻岭高又高

劲驼负重能凌霄

旷野无垠远又远

骏骐奔腾天际超

若遇敌人来进犯

自有壮士拔战刀

唯苦民间有积怨

只待辩才积怨消

殇

高山之殇，

是被冰雪遮住了险峰。

游云之殇，

是无力翻越高峰。

太阳和月亮之殇，

是双双被大地埋葬。

碧绿的湖水之殇，

是冰封万里不再起浪。

大地之殇，

是被寒雪覆盖了风骨。

且问：古来世人谁无殇？

答曰：自古不死天下的，

唯金句良言文传千古。

沙勒·胡列克衣
（一七四八年至一八一九年）

哈萨克近代史著名诗人，父亲胡列克衣曾是阿布莱可汗身边重要将领。

死亡何处不在

死亡何处不在啊
它非那夜空的明月
亦非那天空的雷鸣
当所有往事皆空
一万个悲哀
又何值一文

长在崖端的野果
不惧死亡方能得到
为了它　一头身负重荷的黑驼
会不惜涉过齐腰的泥沼
人说一条好汉就是箭刺胸膛
也绝不会发出半点呻吟
失去了的　定是一去不返
至于收回了什么
或许苍天自己都不知道

致君王

生儿育女

方知爹娘的大爱

身遭陷害

方知失去友情的珍贵

失去了财富

方明劳作的艰辛

黑夜沉沉

方知敌情处处鬼魅

常索取　土地必遭荒芜

长搜刮　民众必遭殃祸

久活世　君王必遭迂腐

君王迂腐　家国必难长治久安

今世光阴

今世光阴

终究如小鸟一去

今生事好

也不过昨夜一梦

唯祖训

正行为后人

终得长报

受命于强手

受伤于恶人

切切思量吧　后生

那就好比遭遇了敌寇

但凡你朋友遍布天下

他们忠守承诺

纵然你深陷恶境

得到助力

也是一只完好的鸟儿

依然拥有三十二颗坚固的牙齿

君子心纯净如明月下的湖光

乐善好施是他不灭的财富

而丧失信仰的人　心沾满污垢

缺乏心智的愚氓

柔弱无能的懦夫

纵有千百也不过小小一簇

受教于师

得到的堪比蜜糖

没有阴凉的参天大树

便只是沼泽的细柳

子孙不教

堪比天生病夫

鼠目寸光

广宇堪比小小山沟

犹豫彷徨

堪比高山挡住去路

故恩师的训诫

让坦途总在面前

而给无知者施教

堪比水流终究会流走

当小人拥有骄傲的高地

那高地却堪比泥土下的坟茔

而明者智在千里

心明志远

天地堪比大海能经受惊涛骇浪

纵然生活总要把人们带向衰老

而衰老又要把人带向墓穴

但若是你家有贤妻

或许你会功德圆满

拥有正道

铭记吧　后生

那是天遣的圣女

假如家有泼妇

你会财尽气绝

失志于己

切切铭记

那将是你额上泛着白碱的荒滩

杜拉特·芭巴泰
（一八〇二年至一八七四年）

　　哈萨克斯坦近代史卓有影响的哲绕诗人。他的
诗作在民间有广泛的流传。一八八〇年诗歌集《遗训》
在喀山出版。

尘世是块腐肉

我开口说话，眼睛却瞎着，

瞎着的眼却不甘寂寞。

我赞颂君王，

恭维贤士和富人，

我把诗当作项链，

献给显贵的妇人。

我守护嚼舌的流言，

给忠厚的人设下陷阱。

嚼舌人——是老天的敌人

不知老天是否宽恕我的罪恶？

我为区区小利盟誓，

不惜伤害亡灵和故去的人。

却无良献媚，

抚摸恶人的额头，

让他们舒展愁眉。

我与他们同流合污，

却又说不清得到了什么？

我吹燃了别人的火，

却灭了自家炊火的烟柱，

仍一无所获，

仍一身旧皮窝，

冬来红肉不果腹，

夏临无饮难解暑。

我生非苏菲，

靠圣人指点心路，

却似赌徒，

挥霍一辈子的营生。

更像一头死了犊子的母牛，

苍然寻子回故土；

欲望啊，真是一条无赖的土狗，

路遇腐肉，

便是狼牙獠齿。

我甚至妒忌过自己，

那点惨淡的积蓄，

到头来却落得一无所有。

我的罪过胜我的祷告，

一生东去万事皆空，

尘世变成了腐肉，自己变成了土狗，

万世皆无何所有？

我犬吠人人，

却不知为何而吠，为何而活？

致巴拉赫可汗[1]

巴拉赫可汗，我年轻的可汗，
你不愁吃穿，饮水亦能醉颜。
古来良政亲民，
不掠民财固守清廉。
有倒是狼袭羊群，
野狗撕扯血洗的羔羊，
借机狂欢。
而坚守天道的，
唯真正的良犬。
家国山河落寞，
必因罪恶的别克乱政，
与恶狼恶狗狼狈为奸。
当今的哈萨克官宦，
与恶犬亦无两重天。
见到血荤闻到血腥，
利令智昏方向难辨。
自从可汗身登宝座，
小溪断流河水枯干，
民众财富亦被吸干。

可汗的前人阿布力培孜可汗，
曾是金座上的猎鹰，
荒原上驯服的良马，
带过多少巴特尔好汉。

---

1 巴拉赫可汗：白帐汗国时期汗王。

谁承想巴拉赫的今天，

却是青面獠牙，

左丞右相三教九流，

欺压黎民，

大张贪口，

庶民捉襟见肘苦却不敢言。

那祖辈的黄金鹰座，

今日成了朽木一竿。

贪官污吏成道，

窃掠无度，

民不聊生。

可汗却站在老天的对面，

庇护恶人，

愤怒的我怎能不心血沸腾。

可汗的国土，

黄牛犁地，

犁的却是遍地罪恶。

可汗把套马长杆交给恶人，

驾驭性情笃实的马儿。

他们欺凌妇孺，

纵容骄横，

放任财主，

粉饰谎言，

而包庇罪孽成了可汗的嗜好。

讨好沙皇，

成了你唯一的期盼。

可汗啊，不知何时你良心发现，

摘掉沉沉枷锁，

还百姓一片晴天。

可汗可想免冠之日，
百姓谁人来做主。
岂料今日汗君名存实亡，
祖传的宝座已作空鞍。
大鬼小鬼潮水一般，
东来西去击打河岸。
可汗曾是骏马的后裔，
今却尾随在驽马后边。
可汗如此遁失尊严，
世上谁人不作笑谈！
可汗已是昏君，
只要献媚，
即出卖忠良，
不惜为虎作伥。
祖辈的荣耀已遭玷污，
声望难再久长。
可汗啊，此番岁月，
不知何日终了，
谎言何日寿终，
可汗何日不再荒唐？

致孤儿阿赫坦

哦，可怜的孤儿阿赫坦，
你可有长成的一天？
可有摆脱孤寂，
翻越高山的一天？
你如此这般天日难见，
万人前去你落后边，
尘埃黄土落满颜。

荒郊的一棵孤树，
可否为你御寒？
塬上的一颗野莓，
可否为你充饥寒？
是否有一天，你也能怀抱娇娥，
享受天伦的恩典。
抑或甲胄在身，
跨下骐骥亦镇威严？
抑或点燃火枪捻，
枪口劲冒青烟，
让那侵贼抱头逃窜？

试想你军马劲风，
鬃尾凛凛，
银鞍赫赫，
征途踏汗；
试想你剑鞘在身，
宝剑光寒，

尽显武士风范。

试想你也有华丽的毡帐，

四壁织锦，

天顶绣花，

天鹅绒拉起绳索，

蚕丝拉起彩线，

拥有你温馨的家园！

试想你与人一样，

比翼齐飞，

生儿育女，

让那可亲的家眷，

日子蜜一般香甜？

孩子啊，我们的阿赫坦，

只要信念在先，

请勇往直前吧，

定能甩掉身后的孤烟。

给儿子的遗嘱

长在荒野的野刺，
只有不辞劳苦的驼儿能吃到，
天下的美味，
古来富贵来享受。
懦夫的眼里，
一条小渠是难越的绝壁，
怠惰的人心，
没有光宇；
拮据的日子，
三岁小驼亦好比作高大的雄驼。

儿啊，且听我说，
将来莫怪父亲曾缄口。
莫以貌取悦，
纵使某人有过卓越的先祖。
莫笃信谗言，
谗言者必是口无遮拦；
莫因自己出身卑微，
无所作为，
罔顾了好人的良言。

手中没有利斧，
岂能砍得林中大树；
营中没有马背的勇士，
岂能战败强劲的敌手；
种田没有犁牛，

岂能耕得脚下泥土；

若是一生无所用心，

脚下方圆之地，

岂不成了天空一无所有。

你的双手创造你的财富，

空论终究随风行走；

只有亲口咀嚼，

才知食粮来自辛苦；

你若不像天空的鹰隼，

俯刺苍穹，

披靡鼠兔，

怎能深谙男儿的担当。

病魔从不怜惜病人的痛苦，

痛苦更不会自己离开，

还病中人云开日出；

你想做人中强人，

定要佩挂锋利的宝剑，

杀向敌寇，

战时的高地，

奋勇奔突，

梦想的远方，

才会成为你的归宿；

梦想的山顶，

才能成为你的高处；

上好的宝剑，

上好的良马将是永远的伙伴。

……

可叹世态炎凉，
已没有几人，
能看到你的眼泪，
或为你指路，
作你能为之效仿的人。

儿啊，这是父亲最后嘱咐：
你需积累而不是虚度，
此话不为徒有的虚名，
不为虚妄的祝福。
有结余时，你当平心知足，
拮据时，你当不抱怨苍天；
为寻得财富丧失主心骨。
这是父亲给你最后的遗嘱，
望你静静倒入心瓶，
小心收藏不要洒出，
证实父言永不迷途。

马翰别特·沃铁墨斯
（一八〇四年至一八四六年）

　　出身大户人家，父亲曾很器重他。自小受到良好的教育，精通俄语。一八二四年奥尔达可汗金格尔派马翰别特·沃铁墨斯陪可汗之子苏布赫奈前往奥伦堡读书，被沙俄地方当局当作异己分子收押（后释放）。一八三六年至一八三八年，西哈萨克斯坦发生反对沙俄的伊萨泰·泰漫农民起义，马翰别特积极参与起义。

征战歌

战马出征配铁鞍，
长刀寒光立鞍边，
谷壑深壕蹄下走，
冷山冰峰只等闲。
鞍下毡褥汗马浸，
马革汗湿鞍下透，
战士报国归来日，
幼小须眉已长成。
生父鏖战马背坐，
寒极酷暑岁相伴，
荤腥不食饥肠瘦，
梦卧婚榻身却寒。
郊为冷床石为褥，
军营守夜梦不思。
战骥相伴迎晨来，
略枕北斗心相思。
醒时不在孤坟岗，
英雄何以为壮士。

致好汉伊萨泰（一）

伊萨泰　我的兄长，

是我披身的铁甲，

不怕与汗王兵戎相对，

不惜与草民平易相随。

他曾引众威武起兵，

誓与汗王天不两立。

无奈汗王谋多计广，

更加腾格里神天道不为。

好马强壮乃生母骨坚，

好汉自担曾经的诺言。

汗王面前敢举民意，

哪怕王子一旁汗颜。

举义起兵四年五载，

我至尊的伊萨[1] 兄长啊，

亦将汗王威严击败！

古来何曾出过这般骏骥，

过往何曾有过这般壮士？

我至尊的伊萨兄长，

你高贵的头颅，

将血强敌。

1　伊萨："伊萨泰"的昵称，下同。

致好汉伊萨泰（二）

我的苍鹰你　是破曙的太阳，
当我张开双臂迎向你，
不知你能否听到我的心声？
雄狮啊，我有多少肺腑之言，
要对你讲！
我的至尊！我骄傲的师长啊！
我苍鹿般的导师！
我如明镜般的同仁！
你是我精神的宝藏！
是我无边的海洋！
更是心有城府的智者！

你拔弩箭诀，
金镞满弓时，
箭笴寒光闪烁。
银弓一旦弦发，
便是箭孔呼啸，
飞箭羽翎生风，
你那额上的水獭皮冠，
更伴肩头鹰羽迎风劲舞。

你号令天下，
捍家卫国，
誓作故土的守护者，
你从不吝惜身家性命，
如流箭一般誓不回头。

你穿越乌拉尔山、伏尔加河，
犹如万箭冲起满天雪飞，
却让敌寇鲜血尽染。
这就是我雄狮般的伊萨兄长！
古来谁人比这雄狮更好汉？！

黑夜沉沉

——悼伊萨泰将军

此日黑夜沉沉　长夜沉沉

东方日出却晨光懈怠；

此日驼公俯卧冰上，

高贵的神驼亦向凡驼耻辱下跪；

此日那些风流的后生啊，

花季亦是惨岁；

此日行进的商队，

驼铃不悦；

此日芬芳女子，

亦怆为鞍后奴婢；

此日好马失鞍，

此日钱财两亏，

箱底不再殷实，

恰似财富东流水；

从此啊，草民将祈求老天开恩，

还梦可怜的人们，

铭记英雄伊萨泰，

恰似缅怀大地的死难；

此日，天降大灾，

黑雨箭般倾盆；

此日鸮鹰翻转了猎的翅膀，

披靡无辜的天鹅。

此日曾经的猎猎军旗，

怆然陨落；

此日猛犬仿佛卑微受辱，

脖上的铜项圈落地，

从此惨为土狗；

此日千里飞马失蹄，

难再奔驰旷野；

此日宁静的阿尔卡勒山，

野风劲吹邪风起舞；

此日参天圣树，

轰然倒塌；

却有远方的敌寇，

在此日幸灾乐祸。

致红隼

哦，红隼，红隼
颈项柔软翅膀苍劲的红隼，
可看见我失去了好汉伊萨泰，
从此孤影一人。
哦，红隼，红隼
我曾是保卫家国的战神，
今天却成失去家园的浪人。
你曾是那天湖的仙子，
今天却也成失去湖沼的孤魂。
可知让你失去湖沼的，
是邪恶的鸮鹰，
让我失去家园的，
是金格尔汗那个暴君；
伤痛在身，
悲切在心，
可叹的是我马翰别特往昔的岁月。

阿拜·库楠拜

（一八四五年至一九〇四年）

原名阿拜·伊布拉希姆·库楠拜，哈萨克斯坦伟大的诗人、作家、思想家和哲学家，被联合国教科文组织列入世界文化名人予以纪念。阿拜创作了大量的诗歌、散文和哲学作品，诗作既富有哲理性，又富有战斗性，无论思想性和艺术性都达到了相当高的程度，其作品被称为哈萨克诗歌技巧的典范。

让你感觉冷，又感觉热的

让你感觉冷，又感觉热的，
是你的心情。
让你忘却世间欲望的，
却终究会变老。

在那个曾经的初年，
心情还未曾退潮，
你竟细数未来，
一辈子的面貌。

你把某一天当作吉日，
向它投以热情的话语，
事过却难自问，
为何心含羞愧。

仿佛一个荒唐的故事，
向你立着，
而你却无心，
再向别人诉说。

明者想要倾诉的，定是有心，
便会知足，便不会是败者。
但若真明者，愿向你倾诉，
那你知足的心便不会折损。

哀哉，哈萨克，我的骨肉至亲

哀哉，哈萨克，我的骨肉至亲
不见剃刀却见胡屑粘满你嘴唇。
你善恶不辨，好坏不分
左脸肉肥，右脸血凝，
想见时你们满脸堆笑，
转身却一副奸商尊容。
你们可知他乡有佳音，
却把镰刀作舌锋。
不敢指认自家牛羊，
却白日失笑长夜纠结难入梦。
你性情反复，胸无城府，
一日浮躁，一日守成。
人人思官心切，
岂不伤了家国之荣？
此情此景，可否自己觉悟，
唯恐你已丧失自我的天定。

没有兄弟在乎你的存在，
或许老天也坏了良心？
无和、无睦，亦无真心，
财富狂懈，散了马群，
嫉妒控制头脑争抢财富，
你与心又何以得安宁？
若身上的这份痼疾不除，
只怕留下处处难愈的伤痕。
我又能拿什么来赞美你啊，

奈何生铁难打钢成！
痛你事无定数人无定心，
痛你空洞的笑容没有意义。
更奈何你智者一世的劝导，
背地里却听到你窃窃私语声。

影子把头拉长

影子把头拉长，
拉向遥远的地方。
时间染红了太阳，
消失在天的尽头。

我凄惶的心与天对话，
在这灰色的黄昏。
我低下目光，
任思绪放逐四方。

过去的时光——空的山路，
一条条我心细数，
谁人欺骗，谁人挥拳，
却是个个有嘴脸。

那就来吧，就算是吧，
一切皆无意义。
权当是毒汁，
侵蚀我可怜的心扉。

心好似一条流浪的小狗，
重归老巢向天空吠。
但悔恨后，决意放弃，
别再去纠缠所有的过往。

我曾在地里种下了麦子，

却遍地长满苦艾。

欲知今日如此衷肠糟践，

当初何不心死于此。

夜空风静挂着月亮

夜空风静挂着月亮，
银光投在水面上，
阿吾勒一边深山谷，
小河奔流涛声唱。

树叶啊沙沙入梦乡，
好像对亲人诉衷肠。
覆盖无边的黑土地，
青青绿草铺地上。

山中有歌声在回响，
伴着牧犬声声响。
他说过你在山里，
亲人相逢山路上。

独自徘徊在山梁，
一阵热来又阵凉，
不安的心难平静，
小风吹来也慌张。

千言万语话难讲，
心中小鹿跳得忙，
有情人们成眷属，
红唇相依腭下香。

未来的时光——迷雾沉沉

未来的时光——迷雾沉沉，
纵使你双眼渴望希望之光。
重重岁月驱赶无数日子，
但我仍看不清未来风景。

未来与过去本是双生，
来去匆匆从不留痕。
总有一日——将打下一生的句号，
那是何日只有老天知道。

理智与生命——我是"我"，肉体——是"我的"，
"我"与"我的"本是两个躯壳，
而天定了"我"终将结束，
"我的"却并不在乎"我"死了。

亲爱的人，你的心总要盯着"我的"，
为肉体的欢愉日夜奔波。
公平之德，羞耻之心，还有爱情——
却面对你日日将至的坟茔。

你出卖自我，出卖灵魂换来财富，
企图用污浊的念头换来你的清澈。
到头来你终究骗不过世宙，
却被它不知觉窃去欢乐。

悔不该为财奴都成"我的"，

何承想得到的却是别人的，
物欲和肉欲让你丢了灵魂，
方知什么才是自己的。

那就奉劝你去怜惜那些弱者，
为更多的人做些善事。
腾格里神的初衷是去爱人人，
你又为何不为人人爱你的天神？

只是人人不全是人，众中也有异者，
众犬也会用獠牙牵一条孤狗。
公德与善举——人人的食粮，
众欺弱时更需要你的担当。

人人自有人人的取向，
孰是孰非终究难讲。
有道是邪恶总是浅薄，
真理与信仰却深在海洋。

夏克热穆·胡黛别尔德

（一八五八年至一九三一年）

　　作家、诗人、哲学家、史学家、作曲家。阿拜·库楠拜的侄子，童年丧父，直接受到阿拜的启蒙和教育，是哈萨克现实主义文学的倡导者。

心之鸟

当心之鸟扶摇直上，
什么也不能遮挡它的翅膀，
天梯拔地伸向七重天宇，
也只有人心能登天顶。

当把思想和梦想变成一对翅膀，
相信谁都能像我一样幸运，
为找到我的光之女神死一万回，
也比活一百次更能领略天下风景。

为了那梦中的光之女神，
我用心血扑灭地狱之火，
为了那梦中的光之女神，
我在荒野忍受群兽围攻。

我爱光之女神，
爱到经受一万把斧头的劈砍。
为求得她的光芒，
我膜拜小小的一束火苗。

我高擎这束火苗，拜谒女神，
哪怕有声音诅咒我是异教之徒。
如果有一天所有天使开始膜拜人而不是神，
我对光之女神的崇敬依然胜过天使。

当夕阳滑落天空，

女神之光被黑暗隐没，

我的泪水便化作夜的细雨，

等待翌日黎明大地变成红花的海。

那时山河蜿蜒静静流淌，

看懂了我膜拜的目光，

无边的松涛林海静默，

听懂了我膜拜的心声。

百灵鸟将为黎明歌唱，

那我的花儿也在她心中开放。

当没有心肺的人嘲笑我的痴狂，

我的膜拜和陶醉该使他们羞愧。

如不是枪弹的射杀，心怎么会有弹孔，

而我受伤的心却隐藏我的思想。

没有心的人永远不会明白思想的秘密，

只有被膜拜陶冶的眼神才会看得透彻。

思想在醉意中舞蹈，

并不容易。

傲慢和私欲若不向大脑低头，

会遭遇老天的唾弃。

当光之女神高贵的一瞥投向苏菲，

他们的心定是惨白，

然后那些陈腐的信仰，

定在这光芒之下发出百般感慨。

欲望是一条狗

欲望是一条狗，
是藏在你我身边的一条疯狗。
它不分昼夜狂叫，
无情无意。
它让我们羡慕富家子弟，
自卑贫瘠的自己，
它让我们炫目，渴望寻歌问舞的，
不是别人而是自己。
土豪狩猎，犬在林中狂吠，
而后冬不拉与手风琴相伴，
阿吾勒的夜晚歌声撩人，
撩拨多少人羡慕的眼神。
且说棋子声声、纸牌盈盈，
百听不厌的是迷醉的情歌，
绫罗锦衣，
似乎压不住的贵人贵气。
或许那才是你我的生活，
不然，我们又将怎样活下去？
为此，我曾散尽钱财，
追寻它决不轻易放弃，
我努力，我奋斗，
我挣扎，甚至于斗气，
不达目的，
无法说服自己。
终于，我感动了脚下的土地，
感动了周遭的人们。

俊男靓女们开始向我微笑，

笑中赞美我的"真英雄"。

而我在荣耀中，

却开始了流浪。

生活不再追光，

我似一泓幻影。

而脚步飘然向前，

身心疲惫垂下舌头。

我艰难地抬起头向前看，

怕什么人已达终点。

若是有人前去，

我仍需快马加鞭。

尊严原来不值钱，

只要追上对手，定要不择手段。

然而，时光去了，岁尽黄昏，

体力不支人财两空，

殊不知，威望落地，性情丧尽，

不知得到了什么？

那条欲望的疯狗却还在狂叫。

我把镜子放在面前

我把镜子放在面前，
面对镜子里的自己
耳边不再有声响，
两眼却浮着一层白障。

鼻孔里没有了嗅觉
神情没有了灵魂，
容颜没有了尊严，
舌尖没有了言语。

真诚没有了初衷，
心底没有了光束，
我不再有任何秘密，
淋巴腺却已是藏污纳垢。

镜中之人或许不全是真我
抑或挂着你的影子，
镜外你虽不比我强，
镜中的我却也是你的影子。

若要人人都过筛，
留得人中豪杰，
可惜无人留得下，
你岂能是个中例外。

人人都要在老天面前过筛，

无论是愚氓还是秀才。
生活中却大有人与你我一样，
为了索取将灵魂出卖。

天下有几人能说自己一生清白，
虽外显柔软却腹里藏刀，
满肚子的粪包，
却隐藏自己深不可道。

不死的兵

自古帝王不惜重金，
为征服天下豢养重兵。
然后他们相互血洗杀戮，
用年轻的生命充当炮灰。

乾坤虽然总在流转，
却留得人财殆尽。
夕去朝来江山永恒，
却留得王陵沉默无语。

且问今日谁主帝王，
答曰或是那舞文弄墨之人。
墨客笔头何需王臣，
沉默却内藏真经。

墨汁洒落时，就远离了死亡，
因了一张白纸延续生命，
如同抛洒了鲜血坚守了家园，
换得墨迹不朽与世长存。

纵使天下帝王兵甲精良，
也抵不过一支笔的力量。
乾坤无论如何改变，
墨下自是千秋永存。

或许不会有人相信，文墨不死，

不信墨迹到处不存"杀戮"。
尘世的快乐本无定数，
等来的快乐又怎么长久。

此生，我无需拥有帝王的威严，
只因那威严意味的是死亡。
当命限即到，我的肉躯离开，
只求我的文字能够长久。

我的墨迹将留给后人，
必是有人赞美有人耻笑。
只求后人知道曾经有人，
曾为这些墨迹受尽煎熬。

死神，请赐我一杯美酒 [1]

死神，请赐我一杯美酒，
我要在沉醉中死去，
即使泯灭之后还有复活，
我也宁愿醉梦一生。

若是酒醉不被天问罪，
问罪这尘世的罪孽，
那熊熊燃烧的炼狱之火，
定是光之女神降下的恩德。

被美酒燃烧的肉体，
感觉不到烧灼的痛苦，
与火共舞的我在大笑，
享受大火吞没的快乐。

火焰如此猛烈，
我却没有感觉，
纵使再死一回再入炼狱，
我也宁愿这样在迷醉中进入天界。

这不是梦呓，是真实的愿景，
是一份信仰，如此千真万确，
欲知秘密，请剖开这肉心，

1　夏克热穆受阿拉伯文学的影响，诗歌中的美酒指智慧，醉酒指思想，爱
人指真理（光之女神）。

你会看到有真正的秘籍。

苏菲的信仰是一场游戏，
尘世的快乐是一场宴席，
虚晃的幸福、王冠、金钱与牛羊，
它们是被我休掉的泼妇。

都说天堂有圣洁的仙女，
有清澈的天水和流蜜的圣果，
而我如此笃信天堂，
却因天堂有千里的仙马。

没有苦难的境界，
只是一个美丽的传说，
那就请告白天下凡人，
其中的秘密。

马葛詹·朱麻拜耶夫

（一八九三年至一九三八年）

二十世纪初哈萨克斯坦"阿拉什运动"（阿拉什党发起的资产阶级运动）的重要活动家，近代哈萨克文学代表性诗人。诗歌创作深受阿拜·库楠拜影响。一九一〇年至一九一三年就读于沙俄乌发"哈里亚"学院，一九二三年至一九二七年就读于彼得堡高等文学艺术学院。

夕阳正在下沉

夕阳正在下沉，
霞红染红天际，
我黑眼睛的姑娘，
是否纺好了丝线。
黑眼睛的姑娘啊，
若是丝线纺好了就请拿起那段白绸，
用透红的丝线，
在白绸上绣上花纹。

夕阳正在下沉，
渐渐走向白天的死亡，
灰色的云潸然落泪，
埋葬夕阳金色的光芒。

太阳去了，
天打雷了，
大地披上黑色的衣裳。
黑眼睛的姑娘啊，
何时才能绣完那道彩虹？

你的美如此婉约，
求你了，
看我一眼吧。
你纤纤绣指，
多么像水中的小鱼。
黛眉下那排森林，

是你美丽的睫毛，

还是黑色的蚕丝？

看看我，姑娘，

抚平此时我心中焦渴。

我不忍心你那纤纤绣指，

被绣锥牵引，

小鱼般穿梭。

你却如此吝啬你的目光，

莫非你是担心那一瞥杀灭了我的渴望？

若是那样，宁愿你不要看我，

就让你那秀丽的目光追随绣针吧。

就用那透红的丝线，

绣那白色的绸缎。

瞧啊，光之女神正在下沉，

大地就要披上黑色的斗篷。

你那驼羔般含情的双眸，

却对这黑暗全然不觉，

忘了窗外的是黑夜还是忧伤？

忘了那正沙沙作响的，

是风？还是精灵？

求你，不要紧锁黛眉，

让我来陪你吧姑娘，

陪你看那鲜血般红透的丝线，

在那洁白的绸缎上书写。

别怕，我不会伤害你，

只求你让我的目光靠近，

咱们共享绣线下绣的一切。

或许你绣的是："为了家国，牺牲自己"。

哦，我黑眼睛的姑娘，

我年轻的心已经焦灼。

是的，我看到了鲜血，

洒在白色雪地上：

"为了家国，为了家园……"

面对家国，我的生命微不足道，

面对你纤纤的绣指，

我更没什么可以吝啬！

黑夜的死亡，

难道不是太阳的重生？

那洁白的绣布上绣下的，

难道不是你鲜红的心血？

"为了家国，为了家园……"

牺牲、心脏、跳动！

我黑眼睛的绣娘，

请不要为这幅绣画忧伤。

我黑眼睛的绣娘，

明日天亮，我就要出发。

你这白色的绣布，

将是我血染的战旗。

别了，我黑眼睛的绣娘，

不要忘了我！我走后，

请在绣布上再绣上这样的文迹：

"愿你安息"。

太阳就要点亮东方，

用金线把朝霞绣满天际，

我黑眼睛的绣娘，

不要停下手中的纺线！

火

我是太阳之子，

发光、燃烧。

我崇拜太阳——我的父。

我是太阳的化身，是太阳之火，

我的语言，我的双眼，为太阳代言。

我只崇拜自己的太阳，

它是万象唯一的主宰。

它笑容温暖，

温暖却又深藏，

灼热的爱。

它的愤怒犀利无比，

能使一切焚作灰烬。

太阳的名字是火。

而我是火之子，为燃烧苟活。

火就是你——我的神——我的崇拜。

太阳之火点亮天空，

让黑暗的一切失色，

我吞噬太阳的火焰充饥，

没有什么堪比享受这样的快乐，

我的神，我的主宰，我的福祉，

为这明亮添加油脂，

使它长明，

火光舞蹈。

您的诅咒驱走毒蛇，

您的火焰吞噬天龙，

天下有什么不被您的威猛折服。

我是您的真火，千真万确的火，

我的双眼是火眼金睛，

我来自火，火造就了我，

我是火的火焰，我懂得燃烧，

只因我同样是火的儿子。

当黑夜退去，

太阳升起的时刻，

我从太阳之火中诞生，

我的心，我的生命，

我的信仰，我的尊严，

接受过火的洗礼。

我的心和我的生命是火的化身，

我的信仰和我的尊严是火的灵魂。

我的诞生是光的造化，

一生将为着坚强受活，

并把黑暗当成了敌人。

为了消灭黑暗之魔，

我无数次飞天，

只为戳瞎黑夜的眼睛。

为此，我从阿勒泰山飞越阿拉伯半岛，

从巴尔喀什湖飞越东边的大海。

我是太阳之子，

发光、燃烧。

我崇拜太阳——我的父。

我是太阳的化身，是太阳之火，

我的语言，我的双眼，为太阳代言。

我只崇拜自己的太阳，

它是万象唯一的主宰。

小 马

夏日里，这灰色小马，
曾是一匹灵异的小驹，
可惜无情的套马杆，
把它变成驯服的小鹿。
这个被骗的小马，
从此被残酷地拴在马桩，
尽管爱它的阿里木江，
为它梳理秀鬃，疼爱有加。
冬天来了，严寒来了，
天空冻成了蓝色冰。
当小马随马群去遥远的营地，
经受无边的寒冷，
它小小的躯体虽在马群，
却也变得瘦骨嶙峋。
阿里木江来到冬营地，
小灰马让他心血落地。
眼前的小马不再灵气，
皮毛风中无力地抖动，
那是严寒落在它身上残酷的笔墨。

当春天的暖阳升起东方，
大地晨雾苍茫。
山溪静静流淌，
闪着解冻的银光。
雪山高耸，
沉雾缭绕山梁，

仿佛山久别的情人。

山风袭来，

摇醒昨夜的大地，

风中的雪花，

唤醒沉睡的牧人。

小鸟鸣叫天空，

百灵尽作和声，

慵懒的大地，

渐渐苏醒。

这是黎明的祈祷，

是黎明对天神的祷告。

这是黎明的恩赐，

也是黎明赐给牧人的福祉。

然后，天真的亮了，

东方红了，

一切的生机展开翅膀，

给大地带了生的气息。

黎明和太阳——大地的生命之源，

没有它们生命必然无颜色。

知识和追求——生命的翅膀，

没有它们，生命同样无颜色。

苏勒坦麻赫穆提·托热艾葛勒

（一八九三年至一九二○年）

儿时家境贫寒，成年后致力于文学创作，为二十世纪初哈萨克文学具有代表性的诗人、作家，继阿拜·库楠拜之后有影响的教育家。

宗　教

凡人说：宗教是一则谎言，
是没有结论的想象，
是世界末日降临时分，
让死去的人们复活的咒语。

僧人说：天堂有二十五位仙女作你的新娘，
那里只有长生没有死亡，
没有衰老没有痛苦，
那是凡人梦想的地方。

也有人说：地狱之门为恶人敞开，
没有信仰的人在那里经受火浴，
永远成为一条炼狱之狗，
葬身火海不能脱身。

有人还说：这是僧侣们的谎言，
专门蒙蔽那些瞎了双眼的人，
而受骗者却把谎言当成真经，
倾其所有奉献给骗了他的人。

人们如此这般祈求死而复活，
求得来世永恒，
不惜抛亲弃友，拒食人间烟火，
却为了自己凡世能长久。

更有人说：只有哈萨克能进天堂，

那是主子和毛拉[1]知道的秘密。

我却无奈苦笑：天啊，这般荒唐的笃信，

怎么能不无良了人们看世界的眼神。

1　毛拉：僧人。

青 牛

有一头身体健壮肥硕的青牛，
从旁牛的眼睛里发现了自己的高大。
于是，它决然离开牛众投奔马群，
决意从此不再与牛们为伍。

群马虽漠视了这头犍牛的孤独，
却遭遇了荒野众狼的围剿。
当炸群的马儿四下逃去，
却见青牛的孤影挺身而出。

它把犄角化作了利剑，
左攻右防维护马群的尊严。
而群马却远在一旁木然，
似乎并不为勇敢的青牛所感。

然后，无良的群马四散开去，
抛下青牛仍独自与群狼作战。
当它的吼叫惊动旁近的牛亲，
它们便踏破黄尘来参战。

牛与狼横眉冷对，
犄角与獠牙相锉。
终是獠牙败给牛角，
青牛获得胜利。

当高贵的群马默然远去，

同在的却是自己卑微的血脉。

这对青年是古老的寓言，

更像现实的存在。

祈 祷

黑夜的太阳

哈萨克的天空这般黑夜长长，

迫使我化身一轮爬升的太阳。

这天空如此沉寂，

我只能尝试做个太阳。

我要用我的热度，

温暖人们冰封的心房，

让寂寞的双手，

重获劳作的希望。

当太阳的光芒洒下，

愚氓的海水会自行退却，

露出被新绿染色的土地，

人间烟火重起遍野牛羊。

生活的梦想和梦想的梦想，

将在太阳下再次点燃。

传说中的好汉鲁斯坦木[1]，

想必不曾有过这般天能，

媚笑中的巫女，

想必也不能将这气魄引入诡幻境域。

---

1 鲁斯坦木：传说中的人物。

赛肯·赛弗林
（一八九四年至一九三九年）

当代哈萨克文学奠基人之一，作家、诗人、社会活动家，曾参与创建哈萨克斯坦作家协会。

自创摇篮曲

宝宝宝宝睡轻轻，
摇床摇你到梦静。
宝宝宝宝莫哭叫，
羊油脂香你爱品。
青狗青狗尾巴长，
取来为你赶苍蝇。

宝宝宝宝睡轻轻，
骑上小马好轻盈，
你爸去吃婚宴了，
哪里去找哪里寻。

宝宝宝宝睡轻轻，
不要哭坏妈的心，
你爸牧羊野地里，
铁锹把当牧鞭擎。

宝宝宝宝睡轻轻，
你爸牧羊好辛勤，
天野苍茫地苍茫，
可怜他在雪里行。

天下爹娘都要老，
老了身板不成形，
谁家儿郎孝心大，
爹娘往那头上顶。

可怜你爸和你妈，
生来日子守清平，
却问孩儿长大后，
能否才成大梁顶。

却问孩儿长大后，
是否人聪心机灵，
皓齿伶俐好口才，
一人开口万人听？
可问孩儿长大后，
金嗓银喉能歌吟，
甜音更把蜜唱甜，
辣音更把恶唱平，
好作诗人比天星。
可问孩儿长大后，
虎胆熊胆手中拎，
力大心大不服弱，
路见不平败敌赢，
生作好汉不欺贫。
可问孩儿长大后，
面朝黄土背朝天，
腰粗手粗腿也粗，
甘为他人种粮银。
可问孩儿长大后，
炉上开锅煮铁水，
铁锤打得响当当，
做个铁匠好助贫。
可问孩儿长大后，
技长艺长手头灵，
陈铜烂铁变了金，
做个艺人好营生。
可问孩儿长大后，
家有猎枪有猎鹰，
为民除害猎丰盈，
猎来野羊献百姓。

宝宝宝宝好长大，

飞上高天作雄鹰，

儿为天下好儿郎，

爸爸妈妈好心情，

儿若一生路难走，

路途长长受尽苦，

可怜妈妈拉扯你，

心中伤悲无处倾。

宝宝宝宝睡轻轻，

睡觉好好做个梦，

妈妈等着你长大，

心声如愿一身轻。

一匹烈马

它曾经是一匹骄傲的小马，
不知什么叫龙套。
但它六岁那年，
我却套住了它。
它为此疯狂叛逆，
腾空，跳跃，
让旷野发出沉闷的声响。
这是无垠的旷野啊，
它疯狂舞蹈，
发出那般隆隆的声响。
它低头喘息，昂首嘶鸣，
长鬃和长尾在风中飘舞。
当它像一匹野马拉长身体，
撑开鼻息喷出怒气，
当它怒睁充血的眼睛，
向天空腾飞，
天空奈何，
当它迎风冲刺，
风又奈何。
唯有我能在它的背上，
引吭高歌，
用歌声陪它一起征服大地，
在旷野中呐喊。
当我们引吭高歌，
当我们大声呐喊。
天空发出和声，

天鹅的翅膀打起节拍，

芦苇在风中指挥，

让山河的涛声交响，

让一切的一切沉浸于狂欢。

我亲爱的兄弟，

我亲爱的姐妹，

这是我们献给你们的歌声。

为了你们砸烂旧世界的锁链，

追求公平、正义之光，

摆脱生存拮据的牢狱，

让自由与自信，

解放你们心灵，

幸福降临。

有个叫贝特巴赫[1]的地方

有个叫贝特巴赫的地方，
旷野上满是沟壑，
没有人烟，不见太阳，
却是野生精灵的家乡。
一年冬夏牧人不到这里，
只因没有牧草和小溪。

贝特巴赫东西八十里，
我们从这里转场冬营地。
骆驼、儿马、男人和女人，
寒帐里多少回扯的话题：
贝特巴赫虽荒凉无边，
却是野马、羚羊的好天地。
似哈萨克牧人的牛羊，
一群一群遍布荒原。
倒是牧人一年一次转场，
经受煎熬雪水充饥。
自有猎人不甘寂寞，
围捕猎杀血洒戈壁。
谁人想过如此杀戮，
野马、羚羊或许绝迹。
贝特巴赫虽是天高地荒，
荒草却能将动物养育。
当面对羚羊无辜的双眼，

---

1 贝特巴赫：地名。

谁又忍心置它们于死地。

它们是这荒野真正的主人，

这荒野是它们祖传的故地。

猎人你的枪举向这荒野的主人，

心里作何期冀？

羚羊啊，天下最美生灵，

世上还有什么比它们更富灵气。

它们的双眼清纯无辜，

像人类的孩童。

它们的耳朵捕捉风声，

灵巧的鼻子翕动风的秘密。

它们原本是天之骄子，

却也是蒿草风中凄凄。

如今，竟是身形杳无，

成群结队已成往故。

纵使你漫步旷野，

也难见到它们的倩影。

竟有可悲的哈萨克以猎杀为荣，

求得羚羊死去的犄角。

当年，在这荒原，

我曾路遇一头可怜的母羊，

艰难行走在雪地上，

寻找避风的地方。

一颗子弹，

已射穿它的喉咙，

鲜血染红了雪地。

灵魂之鸟在它的眼睛挣扎，

鲜血在伤口流淌，

它举步维艰。

贝特巴赫……无边无际……

风走不尽，

可怜……方圆无声……生命无迹……

没有生命之气！

他乡人声遥远，

可怜瘸腿的羚羊，

时走时停，企望寻找失去的自己……

但泪水流尽，

伤害它的是怎样狠心的枪手，

让这可怜的生灵经受磨难。

羚羊独自前行，

无法言语，

留下最后的遗言，

是生命的火光即将燃尽，

在那双无助的双眼。

大漠孤影苍天无情，

鲜血滴落雪中凝结，

它就要弃尸荒原！

这般天赐的精灵，

本该由一位采花的圣女陪伴，

却遭遇一个无良的哈萨克，

狠心的杀戮。

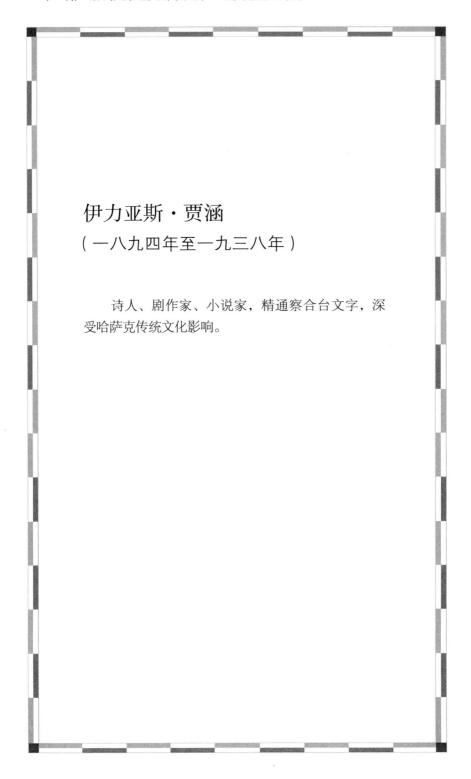

伊力亚斯·贾涵
（一八九四年至一九三八年）

诗人、剧作家、小说家，精通察合台文字，深受哈萨克传统文化影响。

母　语

母语——我生母的语言，
是她造就了我血脉和相貌。
多少个长夜，
她伴随我新生的躯体。
母亲把我和她一同放入摇篮，
伴她一起纺线。
她让我说："妈妈"，我饿了，
母亲就把乳汁投入我的舌尖，
然后，我便认识了我的世界，
并开始懂得什么叫欢乐与忧伤。
当我误入迷途，
是她教会我什么叫坚强和担当！
亲爱的母语，懂得我的失落与梦想，
让我在这人生舞台尽情表达自己。
只因她是天堂的琼浆玉液，
我的母语，世上再没比你更甜蜜的语言。

狂风中的一幅画

暴风雪正在肆虐，

严寒发出犀利的吼叫，

羊群在暴风雪中挤成一团，

用最后的勇气与命运对抗。

牧羊人艰难杵着放羊棍，

瑟瑟发抖缩在一旁。

他脚上的旧皮窝子已经破裂，

裹脚布拖在雪地，

强劲的狂风，

将他的领口和裤管吹起。

他冻僵的手虽然努力掖紧衣角，

依然难抵狂号的风暴。

肩头那层落雪却被他残存的体温融化，

并在领口凝结。

而羊群的真正主人却坐在马上，

让厚实的皮袄和皮帽降温。

主人对牧人高声喊叫：

"你！你这个白痴的懒骨头！

傻站着干什么！

还不快让羊群去吃草？"

这声音似穿破画面，

比暴风雪更犀利。

上　路

天空很低，

海水很蓝，

一切充满诱惑。

宁静，没有风，

海上虽没人家，

但前程满是憧憬。

我们登上白船，

扬起风帆，

开始启程——去那遥远的地方！

泪水在眼里闪烁，

挥手道别，

岸上驼背的老母。

海岸渐远，

船儿驶向海面，

船头把海水一开两边。

大海没有浪花，

我们没有忧伤，

此番远行，

将很长久。

虽不知彼岸在何方，

却见大海茫茫，

伴夕阳一次次滑向西天。

似停不前的，

唯有夜空的星辰，

而夜总是这样漫长，

昏昏沉沉。

突有一夜，

镜一般的大海，

有了风响，

然后天空不见星星，

大船开始摇晃，

海浪猛烈拍打船舷，

我们像患了伤寒，

浑身战栗。

船身向后倒去，

顶着狂风的墙，

我们惊恐，

无助地哭喊。

是大海啊，

让我们这般凄惶。

它是这般狂怒，

乱风四起，

摔打船身。

大海的洪涛，

让更大的恐惧，

揪住我们无助的神经。

我们看见了海的山峰，

看见了海的峡谷，

看见了无数绝望的目光。

看见了大海错乱的音符，

向上蹿起，

又向下滑落，

似两头雄鹿相互绝杀。

黑雨瓢泼，

怒吼在海云下俯冲，

俯冲、俯冲。

神奇的水神，

所罗门，

却在海的某个角落沉默，

黑暗无边无际，

仿佛永远闭上了，

它无情的瞎眼。

海的浅薄，

海的深刻，

似在这个夜晚，

向我们开启了，

命运的牢狱。

前程在哪里？

彼岸在何方？

大脑已经变得苍白，

无法辨别方向。

憧憬死了，

心也将死，

情感和觉悟，

没了踪影。

不曾死过的小命啊，

别再残存任何希望，

彻底死了那份心。

我们只能继续经受，

继续漂流，

求得风停雨住。

终于，大海疲惫了，

放慢狂怒的脚步，

放慢呼吸的节奏。

然后，云开始自己撕烂狰狞，

收起挂在天边一缕缕，

破衣烂衫。

而我们却仍感受它破衣下，

云的黑暗。

因大海依然，

无际无边。

昴宿星团战栗夜空，

猎户星座瑟瑟发抖，

仿佛与我们一同迷失大海。

北斗星座——那七个盗马贼[1]，

依然献媚的嘴脸。

不知在给什么人，

指引方向？

那匹白马[2]，

还有那匹青驹[3]，

却依然被捆绑手脚。

我们也依然不知彼岸在何方。

当远天云的衣衫，

终被一阵阵轻柔的海风撩起，

我们却不再敢相信，

海风温柔，

不再敢相信，

昴宿星和猎户座光芒在夜空。

于是，我们又继续向前，

继续仰望天空，

灿烂的星斗，

---

1 七个盗马贼：哈萨克斯坦民间把北斗七星（大熊座）称为七个盗马贼，
而天罡星是一个拴马桩，拴着两匹马（小熊座两颗星），一匹是白马，
一匹是青驹。七个盗马贼一心想偷走这两匹马。

2 指小熊座的一颗星。

3 指小熊座的另一颗星。

天罡星，

深空舒展，

云层破茧。

我们终于可以说：好了，

这下，又可以起航了。

白船也开始扬帆。

是的，不要灰心，

不要伤悲，

曙光在前，

风暴必停，

黑夜终将过去，

天罡星终将再度璀璨，

是的，不要灰心，

我们一定能到达梦中彼岸。

哈斯木·阿曼卓勒
（一九一一年至一九五五年）

哈萨克斯坦著名诗人、翻译家、杂文家。其多部长诗在哈萨克文学中具有重要影响，一生翻译过大量俄罗斯及西方诗歌作品。

自画像

这事儿是关于我的，不关别人，
关于我的话都是火的结晶。
一曲旋律在心灵深处化作清泉，
用拍岸的浪花作我的画笔。

哈斯木——阿曼卓勒的后裔，
前辈人留下的一个世纪。
有人眼里他是卑微的流浪者，
有人眼里却也是天上的星辰。

一条路虽在脚下伸向远方，
终点却有可能是份幻境，
或在某处它突然断开，
把我与未来天隔两岸。

双脚或在那断处永远止步，
迷失掉这大地唯一的方向。
即使有另一条路又向我铺开，
却定是一路燃烧的火海。

生活——我五彩的故乡，
要领我走遍斑斓的角落，
这世界风来云去，
弱小的我又该如何？

那团火在遥远的终点燃烧，

我期待向往，如痴迷的瘾君子。
时光是把短小的刻尺，
无法丈量梦幻的未来。

后人啊，你好幸运，
可曾臆想到我这对你羡慕的眼神。
当你炸响雷声呱呱坠地时分，
我却盖着泥土荒郊长眠。

这个老地球啊，虽已是满脸褶皱，
不会有人留意我留在褶皱间的足印。
但只求哪怕有一人看见我的墨迹，说一声：
我懂了，我的知己，我的亲人。

我感谢亲娘造就了我的肉身，
尽管这肉身总难免凋谢。
人人来世都是这世的匆匆过客，
一世的苟活却也绝非大地之轻。

一双眼睛，额间两粒星辰，
涵映了多少同代人的风景。
只憾一朝这双星辰昏冥，
化作两孔无底的黑洞。

不怕那日迟早来临，
但怕活出凄惶一生。
为此啊，我每天一百次祈祷，
愿我心爱诗句陪我作了死魂灵。

它们是我的所有、我的幸福，

我的朋友、我的亲人，
我为它们来到这个世界，
又怎忍心苍白走掉这一生。

灶火在心里发出沉闷的声响，
我把双臂伸向心的天空，
用音乐铸造这些掬来的诗行，
锻造她的美丽、幽怨不朽的乐音。

我愿它们远离腥臭的泥沼，
拥抱蓝蓝湖水滴滴清露。
我愿它们铭刻骑士宝剑，
作我一生的享受。

哈斯木今世是山鹿，
骄傲、狂放，追求自由，
容颜夏日，情谊春天，心胸辽阔，
能承受得住爱的磨砺。

我要把每句话唱成歌，变成诗，
为心爱的大地牧歌。
让心飞在生活这座宫殿的上空，
让少年的心把梦想化作偶像。

天空如此辽阔任我展开翅膀，
经历飞越的喜悦与艰辛，
此生唯一没有的是浮华与堕落，
这是我对生活唯一的表达。

把这颗心交给爱我的人们，

不管是否有人把它当作痴人。
若有人心弃我而去，
我的诗定要把它又拉回我心。

时光虽去，哈斯木依然，
不在乎所谓的福分。
谁若作黑暗我便是仇人，
谁若是艳阳我便是友人。

若有来生，哈斯木依然，
摇篮里准备赋诗而生。
时光的翅膀每振一次，
便是我又一次的新生。

如果有一天灶火熄灭，
心爱的人们搬离了家园，
我会独自留下，
守候灾后的坟茔。

哦，光阴，光阴，沉默的光阴，
难道真的会在某日抛弃一个诗人？
难道一世光阴一束电闪，
所经历的只是一副惨淡的笑容。

时光之秒不停行走，
合着心跳的节拍。
一只被折断的羽毛，
在某个时辰装点白色的殓衣。

当大脑的缰绳甩向四方，

太阳的光芒照进每一个角落，
我的声音，一只苍天的大鹰，
定会融入无边的大海。

请把冬不拉琴递给我，
让它用歌的云雀舞蹈。
生命的歌是生命之颂，
完成者是狂放的歌者。

未来定有无数的诗的歌者，
接受今世的哈斯木诗人，
他用火柴点燃他的诗魂，
谁又能不认可哈斯木这样的诗人。

达丽嘉

一

不知是在现实里，
还是在梦里，
我的达丽嘉，
好像见过你，
你的微笑，
已经印在我心里。
是战争的炮声，
毁了这一切。
枪林弹雨，
腥风血雨，
海浪卷起，
裸崖倒地。
我在燃烧的战场，
冒着枪弹奔跑，
我的达丽嘉，
在哪里？你在哪里？

二

一声枪响，
我应声倒地。
生命的气息，
正离我远去，
而我不想就这样死去。

亲爱的达丽嘉，

你应该在这里，

我必须站起，

不能就这样死去，

就这样死去！

可生命这样脆弱，

我正在远去，

这可悲的厮杀，

正剥夺我呼吸的权利。

如果死前还能见你，

亲爱的达丽嘉，

我的爱人，

此生还有什么不如意？

三

死神来了，我对自己高喊：

你不能死去，

不能死去，

打起你生的勇气。

于是，我爬起来，

拿起武器，

把月亮也高高举起。

我们终于得到了正义，

亲爱的，还有什么比这更大的奇迹？

战争是一场风雨，

终究会过去。

我们凯旋，

战歌嘹亮。

可是，欢呼的人群里，

达丽嘉姑娘，

为什么不见了你？

穆喀哈力·麻哈泰耶夫
（一九三一年至一九七六年）

　　作家、翻译家，被誉为哈萨克当代文学卓有成就的抒情诗人。

一九四一年一月的那个冬天

一九四一年那个冬天，
外边很冷，
村庄被埋在雪中，
天空传来那恐怖的炮声，
灾难向大地喊叫：
战士们，明天即将出发！
亲爱的父亲明天要去前线。
不再下地，
用一杆枪换掉了锄头，
去尽一个军人的义务。
父亲明天就要走！
半个月亮挂在天空，
像一个被踏烂的铁马掌，
寒冷让它在天空战栗。
祖母捧来一把泥土，
为父亲缝了护身符。
父亲默默无声，
他已经喝了很多酒，
烦躁的牧狗却在窗外吠叫。
父亲，您明天就要走了！
打仗虽对您算不得什么，
只要活着，人定要回头，
求您，不要用这样的眼神看我。
父亲，时辰到了，您该走了！
不然就要晚了。
您的孩儿只要有一口气，

您不在的日子，定要有活头。
只是，您走了，
我怎样安慰可怜的母亲？
她在祈祷您能平安回家，
怕您这座山一旦倒塌，
谁为我们当家谁将陪她？
……

父亲，不承想，我这个小小的心愿，
竟在一九四一年的那个早晨，随您去了。
但是，亲爱的父亲，我至今无法接受，
因为您离开的时候还活着。

海 鸥

哦，你这只可怜的海鸥，从哪里飞来？
来吧，别怕，不必窘迫，
这里地域辽阔水草肥美，
曾为天下好汉帝王搭过帐篷。
来吧，你这拥有箭翅的白鸟，
或许你已认出我是你的亲人？
你带来纯洁的心，
我便要用阳光为你洗尘。
我虽没有大海让你的翅膀涂鸦，
却有无垠的旷野作你的摇篮。
我虽没有海浪任你戏水，
却绝不吝啬一朵河中的浪花。
纵使命运残酷，
让你失去了家园，
但我的海子我的小溪都是你的，
因我深知失去祖国多么苦难。
或许这无边的草原你并不如意，
因为没有海浪给你做伴。
是的，苟活在世什么都可能拥有，
唯一难得的是祖国和家园。

爱的诺言

亲爱的，

如果我变成一只飞鸟一去不返，你将会怎样？

——我会用一辈子的时光去寻找你的羽翼。

如果我在烈火中涅槃，你将会怎样？

——我会化作灰烬与你相伴。

如果我变成了一阵消散的白雾，你将会怎样？

——我会变成风永远追随你身边。

如果我把天下痛苦都带给你，你将会怎样？

——罢了！亲爱的，我定将承受所有的磨难。

我是山民

母亲给了我一颗山一般的心，
她告诉我，你的名字叫山民！
山是我的母亲。
山鹿的奶水哺育了我，
山鹰的翅膀给了我力量，
让我做了山民。
山是我的母亲，
我的诞生裹着白云、携着闪电，
太阳为我洗尘，
乌云俯身。
我是山的儿子，
山是我的摇篮。
我是山的熊孩子，更是他的宠儿，
他挥舞头上白色的缠布，
为我带米清凉。
我是山民，
山是我的母亲。
有着别样的伟大，
别样的伟岸。
这更是我唯一的梦想，
随山鹰的翅膀飞越她的山巅，
去看世界更大的风景。

阿合麦提·拜吐尔逊
（一八七二年至一九三七年）

　　诗人、突厥学者、翻译家、社会活动家。曾从事哈萨克文学和哈萨克文学基础理论的研究，以及以阿拉伯字母为基础的现代哈萨克文的创建及应用。

哈萨克厌人

哈萨克本是天上飞的鸿雁，
草原湖水抚慰疲惫的翅膀。
你们曾在野火中同生共死，
肌肤承受岁月的创伤。
天下谁人不知阿拉什的儿女，
曾经受的磨难与艰辛？
而今却有哈萨克"夜郎自大"，
自大的感觉令人心痛。
他们痴迷空谈花舌浮躁，
似不曾调教的儿马不能安宁。
更有无教无知的少年，
就像没有擀熟的毛毡柔弱寡断，
只因长者心中虚晃，
为一盘肉不惜失掉尊者的威望。
当善良的人们倾其所有，
向穷人伸出温暖的手，
却有吝啬的土豪，
躺在财富的小船里自享天伦。
更有慵懒的草莽，
与世无关不问天良，
而这般人中竟有你我的影子，
为荣耀一粒纽扣利令智昏，
却把求知与求索视作空风，
梦醒即失不值一文！
奈何我用这诗行涂鸦内中伤痛，

献给哈萨克——我丧了心志的亲人。

如若能为权贵带来财富，为读书人带来启示，

也算得我阿某人尽了几分忠诚。

做一个农民播种人心

我为呼唤人心去当农民，
扛着锄头面向荒地。
我将撒下呼唤人心的种子，
点绿民众沉睡的心。
辛勤的付出也许会成泡影，
但为被奴役的心播种却也称心。
明知人心会罔顾你的付出，
呼唤人心要经受痛苦。
老天缔造四条腿的牲口，
为的是人们衣食住行。
笼套中的驭马耳旁鞭响，
便是拉车前行。
若不是主人调教受尽皮肉之苦，
一头土驴又怎能俯首听命。
然而，世人总在防备受人蒙骗，
错把你满心忠良当作虚荣。

一个死囚最终的话

人心使我的心受了创伤，
让我身处这鬼蜮牢房。
肉体让我的心受伤，
经受牢狱最后的凄凉。
人们伤透了我的心啊，
听信骗子恶意中伤。
谎言占了上风，
真理倾覆一旁。
幸福似一匹断缰的小马，
忘却曾经的誓言。
命运之神无情，
扼住我的咽喉。
厄运更是凶恶，
缠住我的脚步。
中伤者似一群疯狗，
撕咬我流血的伤口。
刽子手挽起衣袖，
磨刀霍霍，
铁窗外乌鸦秃鹫，
等待蚕食腐肉。
一切的邪恶与嫉妒，
为此幸灾狂欢，
等待邪恶的目光，
邪恶中享受：
"活该！你呀……"
他们在狂喜中叫喊。

唯有亲人的双眼，

泪光闪烁。

而他们别无选择不能抗命，

无奈把利剑插入沙土，

更期盼一份侥幸，

等待来自天外的声音。

却不知那长着羽翎的天使，

或许已换新羽衣！

相信这是善良的友人，

心向天使的祈祷。

园

天空云沉沉又沉，
天亮时分天空布满乌云，
晨光曦微却在下沉，
新光本携新光到来，
照得百花中花盛开，
却是万花凋落。
那是童年的记忆，
（如果我惨淡的回忆，
还能记着什么）。

米尔贾合夫·杜拉特
（一八八五年至一九三五年）

哈萨克斯坦著名的教育家、社会活动家、诗人、作家。

年轻的哈萨克在何方

年轻人，快醒醒别再沉梦，

抛下懦弱看看新空，

作天下百灵，

唤醒民众的沉睡的花园与山林。

付出生命作代价，

拔去脚下的劣根，

让陋习无法逾越高墙，

敞开新世界的大门。

让昨日的残敌，

明晨不再来临。

我沉默的青年哈萨克们，

咱的号角何日才能吹响？

咱可曾想过，

眼前这座新土的坟茔，

掩埋的可是一个年轻的生命。

可曾想过他为什么牺牲？

咱们又为什么沉默无声？

可曾想过他失去了生命，

为什么不让我们痛心？

可曾想过他不是伟人，

不是别克不是君臣，

咱为何还要泪湿衣襟！

可曾想过他不是显赫的王子，

为什么英年早逝没了青春？

是的，亲爱的乡亲，这坟茔下长眠的，

不是国君，不是富人，

不是别克，不是王子，

不是显贵，不是国君，

这散发着新鲜土腥气息的，

是一名叫哈基的年轻生命。

为了他心爱的人民，

获得解放、获得新生，

他献出了年轻的生命。

留下年轻的妻子承受痛苦与磨难。

为了阿拉什的明天，

他付出了全部的忠诚，

生命无怨无悔。

他是阿拉什忠诚的战士，

我们最可敬的朋友，

我们勇敢的哈基！

永别了，亲爱的兄弟！

感谢你拥有的无悔青春！

愿你那未实现的遗志，

永驻青史。

辞　别

亲爱的朋友，你就要离开了吗？

命运为何对咱这样绝情？

它嘴脸反复无常，

使尽招数，

不仅让咱心底泪流成河，

还要让思念永远走不到头，

谁知还有多少美好将被他夺走？

但求未来你我友情长留。

亲爱的朋友，擦去泪水，

谢谢你把咱的友谊视若珍珠。

咱们的分手，

实在因这命运太残酷。

这长夜的寒风，正一再提醒：

"你就要走了……"

由不得我说声祝福，

我心如刀绞！

难道……这就是生离死别？

从此我们阴阳两隔？

或许……当你长眠厚土，

我竟无法为你泪中超度一捧土。

失去你的日子我将怎样得到安慰，

又怎样忍受失去你的寂寞？

为了这最后的慰藉，

最后的一面，

最后对你说声，再见我的朋友，

献给你人间的温暖，

挽留你笑容的存在。

让我在这星光之夜再次踏上,

你一生走过的正义之路。

怜　孤

在寒冬的某个黄昏，

在温馨的小屋

你们儿女双全，

享受天伦。

窗外尽管寒风吹彻，

也只是敲响了玻璃窗。

雏鸟的啾啾小屋啊，

没有忧愁。

可曾想过天地茫茫，

却也有那残缺的人家。

孤儿寡母，

孤独无助，

孤娃早逝了爹娘。

就在这寒冷的黄昏，

一个孩子又失去了母亲。

若是你们遇见了他，

是否会把你们小屋的温暖，

也分给这孩子一份？

朱穆肯·纳洁米丁
（一九三五年至一九八三年）

今哈萨克斯坦共和国国歌的歌词作者，诗人，曾任哈萨克斯坦作家协会顾问。

一棵橡树

不管承不承认，它是名强者，
这棵橡树，天生拥有金子般的根基，
即使有一天它会倒下，
倒下的也只能是它的影子。

寒风无论多么无情，
不曾吹弯它的脊梁，
折服它的精神。
有人曾向它举起砍刀，
风暴曾企图将它推倒，
但遭遇的是它强劲的抵抗，
它如此顽强，
抵御一切强大的力量。
渐渐造化了自己，
冷峻的化身。
于是周遭窃窃，
评头论足，
在夜的树梢沙沙私语。
谁都没有忘记，
当年它是一根柔细的树苗。

今天它俨然成材，
不再有谁敢漠视它是一棵橡树，
提起它曾经弱小的往事。
纵是寒风依旧，

对往昔耿耿于怀，

但橡树所有的不是，

早已亡故。

致女儿

那天，晶莹的晨露，
挂满枯枝的睫毛，
你路过家门，
步履匆匆，急着离开，
许是有什么心事，咱家的门你必须躲开。

我诧异：怎么了，孩子，这可是你家，
你回答：爸爸……我有事，要先离开，
你说：要去面包坊，波拉提快要下班……
然后，你离开，我留下，
心中一片苍然，
然后，那枯枝上颤抖的晨露，轻轻低落。

你悄然离去，
背影仿佛电影，
恍若隔世的镜头，
隐忍在爸爸目光深处。
然后，我进屋，
你母亲走来，
我却翻过了刚才那段镜头。

孩子，女大当嫁，
这是天大的理由。
爸爸今晚却经受无眠长夜。
昨天你还是爸爸的小鸟，
今天却是一只劳燕，

有了自己操劳的归巢。

你脸上虽写着微笑，

但爸爸分明看到了你眼中的烦恼，

就在今天那一刻，

爸爸多么想对你的背影大喊：

孩子，别忘了，

我是你的父亲……

但长夜过后，

爸爸却将强装自如，

压下心里那份自弱，

咽下喉头冰冷的石头。

爸爸明白，尽管心有百结，

过去的一切总会被渐渐忘却，

但是，爸爸还是会祈求：

我亲爱的小鸟，

虽然咱家还是咱家，

而你已拥有自己的小巢，

爸爸必须接受这一切，

还要强装什么都不在乎。

是的，爸爸虽然懂得，

男儿有泪不轻弹。

只恨那枯枝上晶莹的晨露，

却要一滴一滴滴落。

天使与黄金

黄金是个普通的词汇，
却让太多人心迷醉。
说天使遇见了她，
也会迷失了脚步。
原来，怠惰是思想的符咒，
此刻，此刻，我心明透。

男老师曾讲：天使会失足。我没理解。
女老师曾说：天使会失足，我更没明白。
当欲望渐渐膨胀，
心的智慧却一寸不长。
凡人为之凡人，不是天使，
遇金失足，岂不正常；
天使既是天使，亦有七情六欲，
又怎么可能遇金不神伤。
让天使误入歧途的定是所谓的誓言，
诚心失去了色泽，
若是真金迷失了天使双眼，
那真金定是猛药，
愚昧才是祸根。

抑或天使有拙劣的演技，
扮演真天使出场，
心已经被玷污，短了智商，
谁会相信天使定会失足，
说了也必定是一派胡言。
应该千刀万剐。

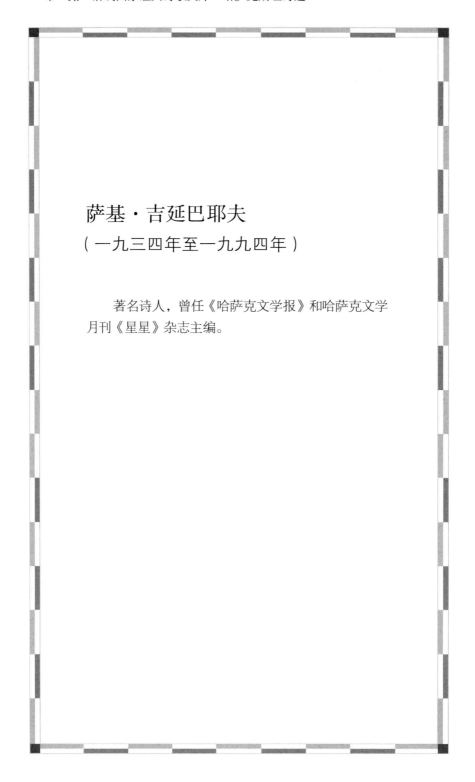

萨基·吉延巴耶夫
（一九三四年至一九九四年）

著名诗人，曾任《哈萨克文学报》和哈萨克文学
月刊《星星》杂志主编。

闪　电

那天我又一次与雷电相逢，
看见它劈开黑色的夜空，
将一束寒光刺下，
直插一座红岩的胸膛。

那一刻，黑森森的林海，
为无边的恐惧倾倒，
那一刻沉沉乌云，
也在雷的轰鸣中瑟瑟颤抖。

兄弟，为何这样低落，
振作起来，
请相信，你也有寒光，
请它闪耀吧，你的磨难定会退缩。

阳光是你的力量之母，
勇气是你飞天的翅膀，
如果你不是柔弱在世，
何不做一击闪电证明自己的能力。

小马驹

这是天老残酷的恶作剧，
让太阳躲进云中，
让一击电光刺穿大地，
让小马的母亲轰然倒下。

于是，大雨倾盆，
方圆万象却是一片沉寂，
唯有苍茫大地一颤，
为小马的遭遇哭泣。

一切果然如此漠视，
这荒原无助的母子？
小马无辜的目光，
果真远送马群的影子？

可怜小马本该快乐童年，
却守着倒地的母亲。
有娘的伙伴正游戏草地，
小马心里该是怎样滋味。

小风吹来湖水和芳草的气息，
召唤小马天生的梦。
于是，它突然撒开娇嫩的蹄奔向梦境，
且回首难舍妈妈身上残留的奶香。

可怜小马停下跑蹄，

进退维谷原地徘徊，
一边是马群一边是母亲，
生活选择原是这样艰难。

小雨停了，青草又绿，
轻风徐来草浪涟漪，
小风芳草抚慰母亲，
小马岂能不唤醒妈妈。

可怜小马，你还太小，
昨日才见一生第一束日照，
你那天真的心儿怎能明白，
自然的逻辑本是生死相倚。

写给秋叶

天上飞过一群候鸟，
告别故乡去遥远的海岛，
地上有个孤独的老人，
把秋天的落叶焚烧。

长云团团东去，
洒下阵阵秋雨。
在那燃烧的火中，
落叶渐渐化成灰烬。

在刚去的夏日，
这些叶子曾经在枝头葱绿。
老人常在树下仰慕树梢，
仿佛绿叶生在悬崖峭壁。

大树一岁枯荣一岁又绿，
百灵鸟儿歌唱枝头，
唱不尽绿叶的故事，
唱不尽它们生命的奇迹。

绿叶总是向着太阳，
引得阳光微笑，
绿叶总是迎向小雨，
洗去生活点点尘埃。

绿叶曾掩映情侣，

记下热恋的情愫，

这树梢的片片绿叶，

又曾染绿多少初恋的心扉。

如今秋风劲吹，

落叶满园秋色萧萧，

每当一片秋叶落下，

刺痛在老人的心里。

托列根·艾别尔根诺夫
（一九三七年至一九六七年）

哈萨克斯坦颇具影响的诗人、作家。

心里的话

我渴望走伟人走过的路，
还天下湖水以蔚蓝，
我渴望捧来永不干涸的海水，
让荒漠不再经受焦渴。

我渴望跟随牧人转场，
赶着洁白的羊群去绿色的牧场，
我渴望躺在那无垠的旷野上，
仰望天空让思想穿越银河。

我渴望站到高山顶上，
向绿色旷野引吭高歌，
渴望张开双臂迎向即来的风雨，
涤荡掉身上每一处沉疴。

关于我梦中的婚礼

我的婚礼应该这样，

尽管我还不知道哪天等来那份吉祥。

我想……在那天的婚礼上……

谁不让身体舞蹈就别打烊回家，

因为开心是那天最响亮的号角，

所有的老翁都要放开歌喉，

所有的后生都要被青春醉倒，

所有的老婆婆都要梦回花季时光，

所有的小朋友都要为我骄傲，

所有的姑嫂都要裙角花满花香，

所有的少女心中的梦都要被点亮。

在那个婚礼之夜，

我的爱人应该是白桦树中的一束月光，

那束光亮宁静优雅，

照亮我多年不见的发小同乡。

那个晚上我将引吭高歌，

告诉人们我和爱人情深意长。

我要奖一匹马给赛马的高手，

重奖摔跤第一的好儿郎。

姑娘追上挨打的小伙，

也会有一份特别的奖赏。

我要让那个夜晚的有情人，

心中的灯盏都被我的爱点亮。

我要把我微薄的积蓄，

撒向所有的人们，

只求得亲朋好友欢聚一堂，

只求得天下安康。

如果那天我眼有泪光，

那定是锅里的肉汤没被喝光。

这就是我梦中的婚礼，

是我梦想的时光。

如果老天开恩，

我愿天下婚礼永远不散场。

写给我的三个姐姐

我亲爱的姐姐，感谢今生，
能与你们同作爹娘的儿女，
母亲的乳汁虽然养育了咱的身体，
生活却赐给咱各自酸甜苦辣。

岁月匆匆，我已长大，
却悄然发现你们已各奔东西，
家里只剩我一个，
你们的长辫却成回忆。

亲爱的姐姐，你们先后出阁，
都怪那女儿之身定要去婆家。
多少个夜晚，亲弟梦见你们，
惊梦时分却见你们并没回家。

父亲说：儿啊，不要这样憔悴，
不要让思念堆满你的愁眉，
父亲许是不能体会儿的心情，
就好像我是猎人石屋旁的假人或草堆。

你们已不再属娘家，
离家外出早已不可挽回。
爹妈辛苦的这房家园，
多少次仿佛要成坍塌的屋宇。

我懂得，娘生咱们来到世上，

本是为了离巢纷飞，
我懂得生活总是别无选择，
窄路时刻只能担当无法后退。

多少年过去弟不再年少，
可心中思念却不能停止。
家里那面穿衣的镜子，
还记着你们美丽的辫子。

弟常徘徊阔索河[1] 旁，
渴望风信带来你们的消息，
弟就这样执着等待，
等待接到你们的回声。

等待让时光久远，
风声也总是这样平静，
一只雨燕飞出巢穴，
也该有回家的一天。

多年前咱爸走了，
多年后咱妈也走了，
你们离家，爹娘没了，
空空屋宇只剩我一个。

多少次我告诫自己坚强，
怎奈爹娘生的是儿女情长。
我以为这般缠绵只我一人，
谁料重情的还有咱家的青马。

---

1 阔索河：地名。

姐姐，弟的思念虽不能停止，
没你们的日子我定会坚强。
人活在世肉心有情，
但愿人生永远重情重意。

卡德尔·莫尔扎林

（一九三五年至二〇一一年）

哈萨克斯坦人民作家、著名诗人。

家　国

朋友啊，不必这样高调，
也不必这样费力，
家国不需要，
打油的诗句。
倒应深知，
家国意味的含义。

言辞无形却有分量，
口中既出人心在意，
似战袍一样有气息。
为了一句深沉的倾诉，
我宁愿匍倒在地，
亲吻我亲爱的土地。

我是冬不拉琴
用琴板言语，
用琴弦表达我的思想。
当需为家国付出，
我会拔地站起，
然后，向我的祖国
深深低下虔诚的头颅。

我不会把诗作为闲聊的工具，
也不会把她当作奶酒送给你。
唯有母亲的名字，
能让我高高举过头顶，

并为她铺一路绿毯。

年年岁岁，
岁岁年年，
每个日出都是我的希望。
为那些前世的英烈，
我甘愿做一尊石碑，
站在他们的陵旁，
永远地守护。

我不仅为快乐而生，
更为分担家国的忧患，
做一棵被斧砍过的白桦树。
若要做一个生命的歌者，
我会把英烈们的名字，
唱满天空。

朋友啊，不必这样高调，
也不必这样费力，
家国不需要，
打油的诗句。
倒应深知，
家国意味的含义。

朋友啊，一家兄妹，
不可分离，
生活本是那，
生存之河入海的三角之洲，
当领袖站在洲头，
我会挺起胸膛，

迎向枪林弹雨。

家国大地如此辽阔，
如此壮丽，
我只不过是她怀中一丛飞蓬。
亲爱的祖国，
多少赤子，多少英才
一生的壮烈哪个不是为了你的美丽。

迫

日子有些繁忙，

有些紧张，

更有太多压力，

原来生活可以这样忙乱。

人来人去，

来去匆匆

无序嘈杂，

还要承受一些突来的疼痛。

时光不以分计，

却以秒算，

一束花献给的是一份繁忙。

带着一束花下车了，

却又上一辆计程车继续。

别幻想午休能打个盹儿，

因为有生计要忙，

你洗脸漱口，

然后出门去，

时间太紧，

办公室需要你去开门。

吵架嘛，天啊，

哪有时间！

闲话可以说得很长但时间太短，

而你必须，

按时取牛奶，

取来热馕，
然后继续加班。

有日子的生活总在微笑，
但它身后的影子却没有礼物，
可总是有人有工夫，
敲碎伟人的形象。

你昨晚做的那个梦，
你懂得，
它预示着一个奔跑的希望。
何况昨天有人走了，
四天之后，
早已被活人匆匆埋葬。

繁忙的日子溢出了河床，
不知何日，
能看见它们平静地流淌。
老翁背影重重，
少女倩影切切，
一切都……
一切都这样忙碌，再别提，
死亡的死亡和一条狗活得沧桑。

祖先的肖像

我的祖先曾赤脚蹚火炭，
有好有坏善恶总也难言。
坏是选择了牧游的艰辛，
好是选择了广袤的草原；
坏是他们总那么善听碎语风言，
好是给了自己的舌头有尊严；
坏是抡起锄头不谙农活儿，
好是甘操干戈保卫家园；
坏是全族扫盲太迟太晚，
好是把智慧留在冬不拉的琴弦；
坏是把闺女换做了彩礼，
好是有勇气承担诺言；
坏是转房娶了兄长的遗孀，
好是承担了亡兄儿女成长的重担；
从生到死与人为善，
一起经受寒冷享受温暖；
坏是以毛毡作房不谙土木，
好是从不建冰冷的要塞在身边。

基　石

孩子，咱的家谱有些乱，

是有些乱，

知道你已是看得眼花缭乱。

这家谱上面虽是一座城池的成长，

下面却掩埋一座古城的往事。

咱家有过无畏的前人，

也有过亲亲的土地，

在这土地上撕开一个口子，

古老的史诗总能溢流满地，

四十部传奇，

四十个好汉的故事，

诉说的，

谁能说不是咱哈萨克人的记忆？

这土地记载着唱不完的铁尔麦诗[1]，

和前人留下的印记，

他们曾是这旷野的主人，

今却在何方，

去了哪里？

曾有人翻过了这记忆页码，

或随意填写。

但我的成长可以被涂鸦，

1　铁尔麦诗：民间的一种调式，主要以劝善进德为主。

家国的历史却决不可以被抹去。

世纪造就自己的诗人，
书写关于黑白的记忆，
荣耀可以被忘却，
但"耻辱"需永远铭记。

咱家不需要传说，
孩子你可以自己编写。
我们需要真实的过去，
那是精神的基石，
没有了它，传说只能是写歪的记忆。

图曼拜·莫勒达哈力

（一九三五年至二〇一一年）

哈萨克斯坦颇具影响的诗人、作家。

给过去的日子写封信

给过去的日子写封信，
为往日星火不被尘封，
曾经的寻觅、疑惑，
铭刻着曾经的心。

当命运让面容憔悴，
时光似一只鸿雁南去，
苍老的心被坚强托起时，
仿佛火样青春再度返回。

少年的歌和歌唱，
没有尽头，
但珍藏的五片绿叶，
却有一叶丢在风中。

一不留神，碰倒了太阳和月亮，
然后，流干泪水，
多亏众手的森林，
从苦海中托起我的心。

松海无边，
被闪电击碎的土地，
还有从痛苦中站起的我，
依然重做蹒跚学步的小孩。

写给女人

你说是你的，我说是我的，
都把天下女人当作了花朵。
一个女婴的出生意味一个男孩的幸福，
咱还有什么理由不为天下女子祈福。

男人疼女人是天职，
不能设想没有女人将会是怎样的日子。
如果不是女人对你说声"不"字，
很难想象你会把日子过成什么样子。

女人是你的厨房，
有她的日子你的日子高大上，
你是团火，熊熊燃烧，
没她的日子你的烟尘定是随风游荡。

有女人的你，拥有天下智囊，
远离烦恼和忧伤，
因为女人是你的护士你的卫士，
是你的假期和节日。

女人爱上你，你爱上女人，
温暖的是两个人的心情。
要想做一个有深度的男人，
应先学会给女人做好仆人。

女人，女人是梦中情歌，

是黄昏婉约的轻风，
但女人会先认你是爱的奴隶，
后才肯认你作爱的皇帝。

所以，朋友，请把尊严还给她们，
把她们当作咱的荣誉和节日，
还给一个女人尊严，
等于给了你女儿尊贵的一生。

我与生活

当生活像一座山时，
我必须登高望远。

当生活变成对手时，
我必须做名强者。

当生活呈现绿岗时，
我将采遍满山的野花。

当生活变成荒漠时，
我要捧来清丽的水为它解渴。

当生活让我对幸福绝望时，
我或许要把自己暂时埋藏。

当生活变成古老的商队时，
我定在驼队的前列荒漠起航。

当生活是一名忠诚的恋人，
我必须把她紧紧拥在怀中。

当生活让我看到希望，
我必须快快成长。

当生活变成一个诡异的女人，
我定心扉关门。

当生活带来无边的快乐，

我一定会在旷野放声狂笑。

而当生活是我自己时，

我必须认真学会面对和珍藏。

起　早

早早起床，开始忙碌，

准备偷盗一天的秘密和歌谣，

但时间的脚步总是匆忙，

不让你腾出时间烤烤太阳。

匆忙的时光虽钓不到一条银鱼，

咱却也能呼吸梦想的新鲜气息。

自己给自己找点事做吧，

从早忙到太阳偏西，

心中的感觉却也乐此不疲。

博得了一个人的微笑，

也得到了一个人的祝福。

为着一个孩子快点长大，

却也得到一首歌的慰藉。

当把一束花献给别人时，

一扇幸福的大门也在向咱开启。

法丽扎·翁哈尔森诺娃

（一九三九年至二〇一四年）

哈萨克斯坦颇具影响的诗人、作家、社会活动家。

假如给我一匹马

假如给我一匹马，

我会像汉子一样狂奔。

假如给我一个舞台，

我会变成一名真正的歌者，

击败阿肯对手。

我从不因女儿之身，

以为脚下路窄，

却用幽默芬香的诗句，

打掉对手的自信。

我们本是同年同龄，

不能让他轻易摘银。

胜战之日我的冬不拉，

震撼旷原的辽阔，

我细腻的目光，

又寻觅英雄远去的背影。

只因流淌在血管里的，

是草原英雄的血脉。

你目光里的一份感觉

当与你眼里的一份感觉相遇，
我的心便开始颤抖。
然后，手脚乱了方寸，
如何是好，这难言的滋味，
我的灵魂却向你靠近了，
杨树和橡树低声告诉我，
这一刻，我将告别，
那童真的孩提与无我的少年，
变成一杯浓茶彻夜沉淀，
当你变成了一只翻飞的蝴蝶，
安静地占据我的大脑，
我却与空旷的宇宙无声对话。
然后，我装扮粉黛，梳理长发，
只因你窃取了我的全部。
有谁能告诉我，
爱上一个陌生人的幸与痛，
谜底究竟在何处？

一个母亲的自言自语

我用一生痴痴守候时光，
体味太多伤痛。
感叹命运几多寒秋，
伴随多少辛苦。
岁月无情留下的，
都是无解的疼痛。
这瘦弱的肩膀，
担负着一个世纪的沉重。
相知的老友，
越走越少。
当时光之页一页页翻过，
方知失落渐多快乐渐少。
面容一天天憔悴，
天问占据心空，
儿女一天天长成，
烦恼却一天也不减轻，
往岁的笑声，
随着银铃消失风中。
几多挚友的心智，
被时光之手改变。
那曾经潇洒香约的花季，
春光难再，
曾经真诚的话语，
亦如夏末荒草。
唯有我这老去的心，
仍望留住大地的温暖，

留住往日的梦，

只因曾涉过的冰凌之河，

还有那举着的不灭心灯。

无奈岁月催人，

凭冰凌推搡时光的脚步。

那么，时光啊，请听我最后的道白：

纵使你不再让我沐浴阳光，

仍将继续我的磨难，

我这瘦弱的肩膀，

依然能承担一个母亲的善良。

朱麻泰·贾赫夫拜

（一九四五年至今）

哈萨克斯坦颇具影响的诗人。

奇迹总发生在一瞬间

奇迹总是发生在一瞬间，
吊起我们的胃口，
一个眼神引发了两颗心的碰撞，
目光中舞蹈的却是难解的谜底。

陌生的性情在青春里躁动，
在黎明的晨曦中渐亮，
你黑宝石般清澈的眼睛，
突然在这一刻暗示"你是我的"。

心顿时软下来，然后缠绵，
感觉却是别样的清晰，
你我近在咫尺，
却相隔千里泪湿眼底。

看见你我心底的海潮拍打眉宇，
风中吹来的是你唇边散发的花香，
你的倩影渐高我的舌头却渐低，
你越发身段窈窕。

那一夜思维蓬勃，
一遍遍呼唤你的芳名，
目光在黑夜中舒缓起舞，
尽显有生以来从未有过的快乐。

淡　忘

经历过的大多都被淡忘了，
无法知晓花园何时还能复苏，
而你却总是在嘴角衔着一朵鲜花，
从记忆的深处款款走来。

生活——奇迹！这方土地也该美丽，
这里的天地应该五彩缤纷，
当心的主宰闪亮登场，
总要顺服者前来捧场。

是的，是的，世上有太多神奇的才俊，
迁徙中的驼队亦有华彩的歌者，
与星辰一同诞辰的伟人，
世上最强坚的妖魔定不能奈何。

你的出场拨亮我十七岁的心灯，
让我学会注视一朵花的美丽，
从此，我开始像个真正的男人一样站立，
无论岁月蹉跎扑朔迷离。

一朵花虽然开放却从不浇灌自己，
是脚下泥土母亲滋养她的成长，
而我的情愫含着天鹅的高贵，
那是生命世界给我最高的礼遇。

我用哈萨克的图腾——天鹅的语言说话，

让花儿开在未来哈萨克年轻的血脉，
而你的血管中早已流淌这份美丽的基因，
这份神圣的感觉却不能表白。

我生命诞生的这块绿色土地，
用一千首歌也写不尽她的美丽。
若是脚下生命之水养育了一棵高大的白杨，
那么滋养我的却是脚下泥土的细腻。

我的每一个脚步都记载着一个故事，
多年后它们却可能把我忘记，
而你那双黑宝石般的眼睛，
却暗示我永远的责任和义务。

你我走的是两条反向的小路

你我走的是两条反向的小路，
心却像团火焰烧往高处。
爱的感觉沐浴过多少人心，
却吝啬我对莱拉的守候。

为了你，莱拉我认了这份赌注，
只为换得爱你的那份幸福，
我蘸着泪水为你写下的一首诗歌，
却让什么人笑出了眼泪。

他们笑了，我也笑了，
笑自己如此痴情。
然而，我在苦笑中却也悄然醒悟，
成熟一份痛苦竟也成熟了一份快乐。

朱本·莫勒达哈力
（一九二〇年至一九八八年）

诗人，曾任哈萨克斯坦作家协会主席。

秋

秋天的太阳还有温度，

秋天的花儿还没凋谢，

秋天里人进五十岁知天命的我，

不相信夏天已去冬天就在眼前。

夏日的五彩与热情犹在，

但秋日的清晨渐多几分寒意，

恰似人进五十岁的我，

不再是真实的昨日而是将至的明天。

闪电虽在远方天际划过，

苏美尔[1]却不曾泯灭，

而秋天就是五十岁知天命的我呀，

小溪颤抖的波纹亦见脸上皱褶，

亲受秋丽，经历秋霾，

亲历秋雨，经历初寒，

秋天是五十岁知天命的我，

站在夏秋的边界，

园里秋色渐浓，

秋风抖落秋叶。

秋天是人逢五十岁知天命的我，

一声叹息偶尔寻觅曾经的失落，

窗外金色的秋光，

是每一个日出的颜色。

秋天是人逢五十岁知天命的我，

---

1 苏美尔：古代两沙流域文明。

不再少帅，却也未曾衰败，
点一把山中的劈柴吧，
红色的星火也能把山川烤热。

秋天是人逢五十岁知天命的我，
深知一年虽不可两夏，
但春华秋实是天道的深刻。
秋天是人逢五十岁知天命的我，
忙秋过后享受生活的滋味。

马头石

枣红马的头骨，

静放在高处。

是的，那是一座石化的碑石，

是一匹枣红马高贵的头颅。

今天那座马头石下站着一对情侣，

旁边是他们的两匹乘马。

那对情侣默默地坐着，

俨然在为一份承诺作最终抉择。

这将是对爱神的誓言，

人间虽不曾缺少爱的传说。

话说这座马头石旁有过一个村庄，

寡妇（的财产）和草场是人们的争夺。

有情的人们难成眷属，

一生牵手比登天更受折磨。

却有哈萨克的几多名媛婵娟，

钟情几多苍鹰般的天骄昆莫[1]。

话说一匹年迈的枣红马，

亲眼见证一个美丽的传奇。

话说一个绝美的富家女子，

爱上一个贫家后生，

却没人知道等待他们的是什么结果。

无奈世事炎凉，

世间万事金钱衡量，

毁掉多少有情人的梦歌，

---

1 昆莫：中国古代乌孙昆莫王。

204

虽然爱情不能用金钱来衡量，

姑娘却钟情心爱的人不能自拔。

当这对情侣情意缠绵，

只有黄昏与黎明放慢了脚步。

情郎的马儿在一旁为他们放哨，

它是他最真诚的朋友和战士。

在这月黑风高的夜晚，

情郎深情爱抚情人的纤手。

当他们忘却世间所有烦恼和罪恶，

突然听到一声撕心的惨叫。

情郎听得清晰，这惨叫来自他的爱马，

叫声惨烈，地动山摇。

"莫非爱马不愿长夜太过缠绵"，

情郎这样在夜色中听向那声的方向，

当他顿然惊心跑向爱马。

痛苦地意识到自己已断了翅膀。

爱马已被敌人杀死，身首两地，

那落地首级还流下热泪，

为了主人的爱情，它付出了生命最后的泪滴。

枣红马儿向他开口说话：

"尊敬的主人，千万不要气馁，

为了见证你们的爱情，我将化作磐石。"

马儿言毕果然化作了岩石。

这个传奇的故事，

便是今天这座

见证了爱的马头石。

马头石虽然沉默千年，

却深藏为爱见证的深深承诺。

哈夫·海依尔别克夫
（一九二八年至一九九四年）

诗人、翻译家，曾任《哈萨克文学报》副主编。

母 亲

是您给了我，
这人间的圣光，
是您啊为了我，
采来遍地花香。

您赐我的翅膀，
与鸿雁齐飞翔，
让我的梦想啊，
总在遥远地方。

您摇着小摇床，
载满一生渴望，
轻风中的花园，
您的爱盛满仓。

纵使我再年长，
依然是您小巴郎，
您慈母的眼中，
总是充满阳光。

重担放在肩上，
是母亲的梦想，
要报答您的爱，
金子也难担当。

天下祝福的话，

都给妈妈献上，
纵使太阳月亮，
也无法作报偿。

亲爱的母亲啊，
还望您多原谅，
我只有一份爱，
什么也比不上。

母亲啊母亲，
您的恩情比海洋，
请接受我为您，
写下这爱的诗章。

我们曾经花开

我们曾经花开，
在阳光五月，
百花齐放，
遍地春色。

友谊之手，
仿佛金丝的纽带，
让我们在一根银柱上，
绽向四方。

青春无悔，
我们一起成长，
为了爱情，
死了又活千万回。

在那盛大的展会上，
我们琴声悠扬，
把愉悦的心扉，
向着高山敞开。

山顶白云长长，
山下河水亦长。
我们顺流而下，
站在白色的船头。

思绪蝶衣般翻飞，

为了——你，我的爱人，
而那时没有别人，
只有我在你身旁。

天空有白雨
细沙沙飘过，
似乎在回忆，
我们青春的岁月。

河岸站着一个战士

一个小战士站在河边，
灰色的军大衣伴他走过了四年。
这条河是他的母亲河，
今日重归，泪湿衣衫。

四年啊，不知时光是短是长，
战火中的四年却是一日长于百年。
而这河边的绿茵依旧，
母亲河的水草依然芬芳。

这是战士第一次向母亲河隆重敬礼，
心情好像出征时那般神圣。
河面上浪花一排横过一排，
在岩石上把自己击碎。

一只白色的海鸥，
从白色的云间向河面俯冲，
它自由的翅膀，
证实它是故乡的宠儿。

战士站在这久别的母亲河边，
把深邃的目光从河边移向云端。
一朵朵被击碎的浪花，
记载了多少他心中的乡愁。

四年战火四年蹉跎，

乡愁恰似母亲怀中的波涛，

而每一次波涛的哭泣，

是曾经的战友临终的呼吸。

四年转眼一去，记忆的摇篮，

将伴战友们的亡灵梦归故里，

故乡温暖的怀抱，

也将战士的未来之门重启。

奥扎斯·苏来曼

（一九三六年至今）

诗人，用俄语进行诗歌创作，在俄语读者中有广泛影响。

骏 马

美哉，这钦察的大草原，

还有这大草原上踏风的奔马。

这些漂亮的骐骏，

让月亮在鞍桥上舞蹈！

这些漂亮的骐骏，让绿塬的万顷波浪，

拍打漂亮的银蹄，

哦，这些漂亮的骐骏！

请赐我骏马一匹，

飞跃七层天宇，

我将纵情放开，

灵魂失控的缰绳，

伴横风中奔驰的马鬃，

享受朋友发出开怀的大笑；

我将冲破狂野连天的草浪，

让身后团团尘埃作追梦的随从。

狂奔吧，骐骏！不要嘶鸣！

不要让漂亮的马鬃沾染尘土，

让我们狂奔的风，

让我们狂奔的蹄，

打破这片大地几个世纪的沉寂。

除了你

除了你，

这活的世界我一无所求，

只因对你的思念在我心里住了很久，

如果你悄然转身，

我不会怪你，

所有的麻烦都怪邮差的粗心。

为思念的你，我沉默、不安、焦愁，

在白天里写诗，夜晚写下爱的日志。

为求得能在你身旁的一个时辰，

我已在痛苦中煎熬八个白昼。

为思念你，我身体已尽虚弱，面容憔悴，

你走了，我的心也走了。

剩下的，只有我无声的祈祷，

亲爱的，善待自己，

愿幸福永远和你在一起。

驯　马

你把我推到这匹马前，
这哪是马呀，
分明是一团烈火。
然后，你笑着：
"它当然不是一根烧火棍，
而是一条硬汉。"

这匹年少的马低着头，
用前蹄刨土。
而你那团血肉的舌头，
却赛过了尖刀。

这年少的马
头一次跳起来，
我也解开衣领，
拽紧缰绳，
将两只脚
死死抠住马镫。

它愤怒地跳跃，
我像壁虎扒在马鬃。
你又忍俊不禁，
笑我的无助。

烈马嘛，
那好！好！

且看，
它正化作怒涛冲天，
而我却像一颗烂熟的
小小的葡萄，
在藤上摇晃。
它不想饶恕我，
我又何曾想轻饶它，
一记狠鞭打下，
然后，我四脚朝天……

再然后，天空旋转，
我的火气消遁，
烈焰却站在一边，
可怜它，
眯着一只
被划过的眼。

然后红色的液体，
从那只眼睛顺下，
而那一天烈马的鲜血，
成了我成长的记忆。

好　奇

我好奇骏马的铁蹄，

好奇雄鹰还有

鹰隼的金色的翅膀。

我好奇铭刻在酒瓶，

还有寒剑上，

英雄不怕断头的歌谣。

洪荒的时光，

洪荒的日子和大漠，

把无底的密码抛给我，

在夜空中点亮不灭的月亮，

让我通读银河的长歌。

白天？

还是夜晚？

不让我向它们低头？

对，不要让时光的话语说过了头。

当春天的星辰跃上天空的一刻，

便是一个世纪的启示，

一颗星星不过一块银元大小，

却是一份快乐或痛苦。

如果某夜一颗星辰坠落，

另一颗会在某夜复活。

阳光自有轻重，

我懂得了——大地和阳光

或许痛苦将永远与我相伴，

那我就承受了吧，

甘做奴仆。

沃铁江·努尔哈力耶夫
（一九三八年至今）

哈萨克斯坦颇具影响的诗人。

爱的故事

"萨尔曼遍地金色麦浪，

我的心却似糟糕的麦草，

傻傻望着天边飞来的小鸟儿，

它是否知道我心中忧愁。"

喀山来的那个叫拉基丽娅的姑娘，

唱着这首歌儿声音悠扬，

她从清晨唱到黄昏，

漂亮的眉头锁着忧伤。

哥哥整天魂不守舍，

我知道，他一心想的是怎样进城。

他听到拉基丽娅姑娘的歌声，

把绿色草甸都唱成了发黄的麻绳。

她来向锡尔河倾诉爱恋，

河中的波涛也被她的歌声感动。

然而，最终她还是伤心离去，

我们再也听不到她唱《萨尔曼的麦浪》。

天空沉沉乌云满天，

星星也不再眨巴眼睛，

拉基丽娅被风卷起的白色头巾，

在高空中节节上升，上升。

老天笑我的天真无知，

笑我还是个十岁少年，

我问天空：哥哥为什么不愿结婚，

那狗屁的城市有什么可亲。

我在天空下孤独地哭泣，

眼中流下的愤怒的泪水，

哥哥那天结婚娶了新娘，

我却想起拉基丽娅对新嫂恨在心底。

心中的积怨一天天增多，

又伴了那萧瑟的秋雨，

拉基丽娅的白色头巾，

白云一般在高山顶上孤独飘逸。

花园处处是拉基丽娅的幻影，

锡尔河的波涛却不再欢腾，

有一天，河畔悄然响起哥哥的歌声，

傻傻的我站在一旁受惊。

"萨尔曼遍地金色麦浪，

我的心却似糟糕的麦草，

傻傻望着天边飞来的小鸟儿，

它是否知道我心中忧愁。"

告别夏天

他的心被忧伤吞没，伤心地哭泣：
"亲爱的，我已经习惯了你，
你却走了，我该怎样忍受没有你的孤寂，
拜托，留下吧，求求你。"

因为生活，抑或爱得深切，
他的确已无法离开生命的最爱：
"你走后，我该怎样忍受没有你的孤寂，
而你竟不知道，
你是如此冷酷？"
而他将痴痴地等待下去。

夏日离去，在这冷清的夜晚，
他眼前还飘舞她那条粉色的旧裙。
金发的秋天已经来了，
而他仿佛根本不想知道秋天的来临。

他多少次带着笑容重回老路，
用怜悯抚慰萧条的花园。
夏日时光重现梦境，
秋寒却让他梦惊。

他不相信这渐惨的寒秋，
心中却一次次秋意渐浓：
"你走后，我该怎样忍受没有你的孤寂，
而你不知道，你是如此冷酷？"

这个夏天

这个夏天又回山村故里，
心情却又感几分沉重。
一颗晨光熹微中的星辰，
在心底的某个地方变得惨淡。

这个夏天又回山村故里，
心情却又感几分沉重。
候鸟群群飞回家乡，
我却不能常在家中。

新娘山的太阳点燃篝火，
我又看见乡恋中山村的晨景。
当年一起种过稻米的老农，
相见却想不起我是何人。

那条小河轻声歌唱，
声音渗入泥土的故乡。
它弯曲着身影伸向天边，
不知消失在什么地方。

不见了当年嬉戏的童年，
不知该向何人去喊冤。
那些童年的青柳，
如今竟变成了一棵老树。

曾经的牧场渐远，

寂静伴我的小路，

路旁这棵孤树在说什么，

满目的铃铛刺无法告诉我答案。

穆赫塔尔·夏罕诺夫
（一九四二年至今）

哈萨克斯坦卓有影响的著名诗人、作家、剧作家。

河

一首歌，源自知礼明德的情感，
一个思想，源自对生命的叩问。
世上万涧泉水有源汇流成河，
又有几条河最终到达入海口。
中途自我断流，迷失脚下的路，
结果残酷到永无答案，
多少条河就这样被高山挡住了去路，
它们却曾经烈涛声震、天性、狂野，
多少条河就这样被大漠吞噬，无影无踪，
这事儿多么荒唐，荒谬。
大河，你们要自救，不能自我凋敝啊，
别让高贵的天鹅对你们感到失望，
不要相信一条鲜活的大河真的会变作泥沼，
因为做一条大河本该接受天大的考验，
如果一条河不能到达海洋，
还有什么比这更大的耻辱。

鲑　鱼

在那古老的乌拉尔河上，
古来大船小船穿梭来往，
白浪下却也是鲑鱼古老的家乡。
每年产卵时节，
波涛下便有一双双坚韧的目光，
穿过水流湍急的白雾，
涉过数日的劳顿，
艰苦卓绝之后，
把心中全部的爱，
和对故乡无比的思念带到河的源头。
为给儿女寻找安全的家园，
它们义无反顾，
勇往直前，
把深切的母爱藏在眼中
把希望寄托在逆流而上的征途。
它们知道：
在这大千世界最美的时节，
在这乌拉尔河的源头和深处，
它们必须把昔日的欢跃，
寻找食物的艰辛，
目光里夏日的明媚，
水中流星雨般浪漫的追逐，
全部送入坟墓，
为了繁衍后代做出牺牲。
因为做一条鲑鱼的代价，
就是在产卵之后残酷自杀。

这是别样的人生，

与世界末日同行。

这一切的结果它们内心，

极其透彻，

逆行唯一的目的就是留下后代。

留下生命，

唯一的继续。

在这生命延续的河床，

它们将死去充当乔尔泰鱼的美食，

这似与它们的前生毫无干系。

可悲的是，我不是雕塑的艺人，

为一次深刻的顿悟通宵达旦。

如果我有这天分一定要为那些，

为繁衍后代演绎悲情人生，

为延续生命把自己化作悲歌的勇者，

为那些悲壮的巨人，

建造一座生命的丰碑。

它们把后代看得比自己的生命更珍贵，

在我们人类似乎亘古未现，

将来是否会得到这集体的悲壮……

第七感觉

孩子，这不？！今天，你要拥有自己的小巢了，
亲爱的孩子，要知道这个世上很少有人不搭巢。
别说是你，就连那郊狼和野猴也懂得成双配对，
找个伴侣相守一生。

孩子，人心相守，只凭感觉并不有效，
娶个女人，让她生儿育女无需大脑，
琐碎的日子靠琐碎的感觉编织，
我们却常把它当作爱情。

用浑浑噩噩的日子蒙骗自己，这有什么？
结婚搭巢，只是一个开始，
你的祖父祖母，七大姑八大姨，都爱你，
问题是，他们可能并不关心明天谁将是真正与你相伴的美女。

爱情是实实在在的巨崖，并不是谁都有幸攀爬，
能有幸爬上顶端的两个人，或许只有万分之一。
因此，太多的心被孤独的痛苦俘虏，
太多的丢了翅膀的心从崖上幡然坠落。

就是有人幸运挺过生活的磨砺，
可是又有几人把爱人铸成了知己？
这是一个——严肃的话题，
肉体的联盟能给予什么？
若不是生命与生命的真诚相约，
那才是真正的怠惰，不可终结的悲剧。

谁愿意为一朵不愿绽放的怠花祝福，
精神游离的两颗心注定没有欢乐，
那是一团死火，没有灵魂没有宝石的光泽，
也因此，这世上，不幸的人太多太多。

更因此，有人把爱情当作了粉饰，
有人笑在脸上，痛在心头。
虽说世上的路千条万条，又有谁能躲得了命运的安排，
有道是人生的天问总是横在面前：

"且问老天是不是给了你特别的厚爱，
让你的爱人做了你终生的朋友并真诚相爱？
你是否看见爱人的眼里灵魂的舞蹈，
是不是懂得爱和痛苦在第七个感觉中深埋？"

如果不是……
那就好比在大风暴中点燃坚冰，
没有爱的深刻便没了精神的高度，
真正的苍鹰最懂得苍天的气质，
孩子，真正的爱需要忘我的付出。

爱是不成文的王法

路很艰难，但只要情正，心正，
上了这条路便不能再回头，
爱上一个人享受的是心的福感，
不能说那是痛苦。
关于这点本不需要太多倾诉，
可总也有心对纯洁的爱情不以为然。
总有人误把爱情当作了婚姻，
如此廉价实在让人心寒。
心里流泪脸上堆笑的人还少吗，
他们虚假的笑容何等脆弱。
是的，好好想想，在这个世上有多少，
没有爱，没有信任却被命运绑架的人，
生活有太多的磨砺和艰辛，
尽管爱的信仰那么神圣，且不用愁吃愁穿，
但当两颗没有爱的心碰撞，没有信任支撑，
那么这样的爱情岂不是天大罪过。

一辈子的光阴

朋友，别道人生苦短，

几百万年前，

咱脚下踩着的，在宇宙中曾也是颗发光的星球。

因为这里孕育了生命最初的微笑。

据说当初，善良的人们拥有一千个生命的春秋，

小孩子能在成人的掌心，

讲述关于一生，

一辈子的故事。

一个女孩出生后的七百年，

竟是她散发乳香的童年。

情窦偶然萌动的一瞬，

说出口竟也需要一百年。

是的，必须活够七百年（这是天法），

否则姑娘不能嫁人。

但一个事件的发生却逆了天。

一对恋人相爱了，

他们互诉衷肠，

相濡以沫，

把柔软的舌头变成岩石的诺言。

他们爱得情深意决，

可年龄却不到百年，

因此，这样的恋情岂不成了世纪笑谈！

但是他们的爱一天比一天更加热烈，

让那亘古的陈俗汗颜。

人们惊恐地咬着衣领：

这对童子破俗的爱情怎么了得？

于是，情郎的父亲发话了：

你这孽障，

竟像疯狗一样败俗，

坏了咱的家风和名声，

那就看看你有多大能耐，

逃避这吵吵闹闹的众裁。

而我不需要你将来为家庭荣耀，

只求你眼前一死雪耻。

不然，你要搞清梦，

死了那份心思，

至少，至少，你要活到过六百岁才敢谈情说爱。

你只有恪守祖传的规矩，

前路才有人生盛宴在等待。

只要你恪守了五百年的童贞，

到时才能有选择，

凭你恋十五个少女也不足为怪！

于是，儿郎泪水潸然：

不可能，父亲，

您的旨意对我如此苍白，

就是您将我的骨头击石千遍，

我的心思也无法改变，

我的心我的诗篇将继续谱写。

亲爱的父亲，您与其像一棵老橡树固守过去，

为何不年轻您的心，给儿多份理解。

如果儿子的心死了，

悔恨定会缠死您的良知，

倒不如顺应了事，帮儿一把，为儿定亲，

去上门求过亲家的门。

然而，父亲并不动心，像冰冷的石头般，

沉默。

儿郎自觉山穷水尽。

无奈啊，新鲜的故事总是让人刮目，

总要有嘴说不，有手说不。

既然得不到理解和宽容，

那相爱的人只好携手出走。

但这件事发生得惊天动地，

怎能让一对无知的恋人败了信仰的威力。

于是，众人出山，

将败诉的逆贼抓获并一拆两半。

从此天空不再广阔，

一对恋人心里堆满了冰雪，

悲痛欲绝。

他们向着天空苦苦哀求，

只求相见一秒；

两颗心难舍难分，

祈求命运的怜悯：

大地呀，我们的母亲，

天下太多不散的盛宴，

对你只是尘埃一颗。

求你改变你这缓慢的脚步，

我们的爱情对你这只是小事一桩，

而你迟缓的脚步耽误了多少事情，

对我们来说漫长的一辈子太无意义，

无聊的日子让我们身心疲惫，

而芸芸众生沉重得像一摊淤泥，

没有轻盈的翅膀，

没有自由的躯壳，

没有自己的选择，

没有爱情的生活，

好像踏在水面的印记留不下痕迹，

而我们两个相爱，

无论刀山火海，

无论绿地荒漠，

却会铭记每一次日出，

那无聊的三千岁怎抵得一首

相爱、

相守、

相恋、

相互倾诉的爱情之歌，

悄悄相依的三年时光？

岁月啊，如果您连这点请求都要吝啬太不应该。

求您了——您这伟大的存在，

您这大能的力量，

求您让我们见一次面，

哪怕只有三天的一生！

哪怕你将我们千刀万剐，

我们将像燃烧的宝石，

只为那三天光阴，

为三天的存在而发光。

然后，您可砍下我们的头颅。

于是，天地为这对恋人的真情震撼，

石头融化，枯树开花，

从此，这凡世的人们的一辈子，

减去了三十倍，

而你今天却在抱怨人生的苦短……

库莱希·阿赫麦托娃
（一九四六年至今）

哈萨克斯坦卓有成就的女诗人。

向好的代价

思念为何这般遥遥无期，

为何敏感的心这般率真？

为了得到一个幸福，

丢掉了另一个幸福，

遗憾的心达到何地，

该向何人倾诉？

为了得到一份快乐，

几度经受忧伤，

为一行诗句，

撕掉几十行辛苦的积累，

为得到朋友的真诚，

几度原谅朋友的背叛，

让山里的回声，

劈倒一棵千年劲松，

为了一次日出，

我从花季等到年迈，

该笑时却动恻隐之心，

为怜悯一个亲人的遭遇而泪湿，

为了懂得一点道理，

花费全部青春岁月，

为了一份思想的光辉，

疯狂或者降低情商，

为达到一处高地，

牺牲梦和理想。

为了爱你一次，

我赌上了所有时光。

哦，生命中的所有，

所有向好的所有，

是否都需付出这般代价？

如果是这样，我早已准备充足，

我将带上我的诗句，

向所有的险峰，

所有的绝壁攀登。

叶子，夏日的心脏

夏天新绿小叶是否都能歌唱，
写下只属于你们的别样歌谣。
我的小小亲亲，那就请听我的倾诉，
因为你们能理解我心底的温柔。

你们应懂得，且必须懂得一颗心的颤抖，
并为此而更加葱绿，
不怕风吹雨淋。
一片叶子要经历一切考验，
只有站立涛头。

不要怕荒漠的荒凉与饥渴，
当一条河作人生激荡，
摔下悬崖，
你们当为每一次日出鼓掌。

生活本是一场风雨，
一个被龙卷起的魔风，
怎么会理会一片叶子的命运。
纵使千万次的祈祷，
也不可能万事皆福。

是的……
成长要经历太多坎坷，
需要歌者坚强面对，
我的小小亲亲，我的心爱，

你们懂得我的心扉。

请听，
一棵年轻的白杨的歌唱！
记住吧，
这是难得的一刻！
当叶子在深夜歌唱永远的存在，
清晨那叶片上凝结的却是绿色的眼泪。

歌唱是它们最美的选择，
唱的是它们风中绿色的梦，
冬去春来，
夏尽秋至，
成长并不是一帆风顺，
看不见的战线就在身边。
听到了吧！
它们飞天的歌声绕梁，
歌唱着：
这世界如此美好。
虽说那——
生命苦短，却也有着——
永恒的爱……

心中的乐音

这辈子的终身憾事，

是没有一副歌唱的嗓子，

其实，这更像是一份罪过，

心里却分明有，

太多快乐，

太多乡愁，

需用歌声倾诉。

心声需要歌声承载，

只可惜，

这些向歌的律动，

为生的渴望，

实在因为这平庸的声，

不能表达。

然而，这又有何妨？

心里珍藏的，

原本就是民间的韵律，

就是心中全部的歌谣。

一曲终了，

一曲又继续唱，

悠远深长，

在血脉中流淌。

当深邃的旋律，

在记忆的深处，

如小提琴般如泣如诉。

当生命的乐章，

贝多芬般，

悲壮地交响，

我与音乐，

音乐与我便不曾陌生。

过去的时光里，

我的灵魂哪一天不曾与音乐相伴！

又有谁能告诉我，

是什么让我这样痴迷乐神？

或许因心中，

珍藏了太多乡愁？

抑或留着某个先族的哲人，

不灭的心声和人生缺憾，

抑或，是自己的内心，

对自己的幻灭？

尽管那些律动的声响，

不分白天与黑夜，

回荡耳边，

我却依然为它们痴狂。

我虽恨这苍白的歌喉，

又怪罪哪个神祇无意的疏忽？

可它们确实发自内心，

化作一曲曲美妙的旋律。

当感觉变得细腻，

它们来伴和弦；

当感觉变得激昂，

它们变得高亢。

时而峰高，

时而谷深；

当感觉变得愉悦，

天下弦音便在心中交响，

化作一首生命的赞歌，

给我志向，

给我勇气，

然后，泪湿眼底，

脆弱的灵魂，

便得到坚强。

于是，我拿起笔，

把它们变成一行行诗句，

让这些飞出精神的白鸽，

落在纸上。

这些沾着血汗的文字，

书写的皆是我内心的乐章。

麦戴特别克·铁穆尔罕
（一九四五年至今）

哈萨克斯坦颇具影响的诗人。

病态的哈萨克斯坦

温度计的水银柱，

已经到达极限，

今天哈萨克斯坦，

正在发烧，

体温升高。

（我说话的气息，

是不是也有些发烫，

因为我感觉体温很高，

火烧火燎。）

哈萨克斯坦的肌体，

果然生病了嘛！

（时代实在有些严酷，

意志被粉碎，

心愫变得冷酷。）

森林的脏器，

生了蛆虫。

曼格斯套山[1]，

阿特劳山[2]，

曾经迁来七个村庄，

搬走七个村庄，

如今搬来了第八个，

陌生的村落。

哈萨克斯坦

---

1 曼格斯套山：地名。
2 阿特劳山：地名。

正在哮喘，

她的双眼，

噙着泪水。

她两肋的咸海，

还有那巴尔喀什湖，

积满了盐粒和结石，

让哈萨克斯坦的体温升高，升高。

她手足血淤，

变得麻木。

谁又是她的救命的稻草？

她的四周，

风云变幻，

风声鼓噪。

广袤的萨尔阿尔卡草原，

曾像一块烤馕，

色泽金黄，

散发麦香，

今天却像，

一头被乌鸦啄食的病牛，

积弱的脊梁，

千疮百孔。

而此刻，

她一边为失去唱挽歌，

一边却又践踏现存。

病榻上的哈萨克斯坦，

偶尔用母语说话，

偶尔又用外语梦呓……

我们曾经是怎样的一群人

我们曾骑在不知疲倦的马背，

我们曾身披穿不旧的甲衣，

我们的剑曾将顽石一劈两边，

我们曾像青松，

一簇一簇，

漫山遍野疯长自己；

我们曾赶着驮队，

让棕色的驼群，

与翻山的云一道，

伴随我们转场的脚步。

我们的牡马，

曾向太阳嘶鸣，

我们的骒马，

曾在月光下分娩；

我们的好汉，

曾经的誓言一剑难回；

并将这难回的誓言，

铭刻上岩石做永恒的记忆；

曾经的牧狗

用食的盆子，

和前辈曾用的宝剑上，

刻下精美的花纹。

他们曾头枕阿尔泰山，

落脚巴尔干，

伸展的躯干，

甚至越过了罗马，

伸开的臂膀，

一手拉着神马泰布热勒[1]，

一边攥着凯尔胡拉[2]。

彪悍的骑士快马，

半年的征途，

只当六天；

足亦所到之处，

曾经的城池，

高耸云天，

美鹿望向俊美的山岩；

曾经的汗王，

迎着太阳，

接来太阳女郎[3]；

他们只臣服，

腾格里天神的威力；

曾让恶魔伊比利斯和撒旦，

做苦力将石头研成粉末；

他们请来巨人和圣女，

把砂石捻成金线；

那曾经的祖先，

曾经的汗王宫，

金柱顶着太阳，

银柱顶着月亮；

将右来的敌人，

右手击溃，

左来的敌人，

---

1 泰布热勒：传说中的骏马。

2 凯尔胡拉：传说中的骏马。

3 太阳女郎：传说中的美女。

左臂打翻在地；

他们的精神迎向风暴，

像苍鹰一般在天空长鸣，

他们的气量，

曾是辽阔的旷野，

似高山一样伟岸；

就是这样的祖先，

也曾遭遇厄运的侵蚀，

像一只被擒的小鸟，

苦苦鸣叫，

低下尊贵的头颅。

让曾经的高峰，

变成了低矮的山丘；

感谢老天！

今天他们又获新生，

又见

当年的那轮

月明！

又迎来，

当年的那轮，

红日东升！

为你而做

你是我唯一疗伤的良药，
是天空唯一光亮的星辰，
你是一缕舒心的轻风，
轻风送爽清静我的身心。

想起你我会忘却所有痛苦，
忘却命运不公的安排。
因为你是一汪山中的清泉，
流淌的皆是纯洁、美丽和善良。

当听到你的呼唤，
我会像一只小鸟向你飞去，
然后投进你的怀抱，
享受太阳一样爱的热情。

如果生命只有一首赞歌，
我定要献给你——世上最珍贵的人。
因为你是如此的深厚，
一层一层拥有厚德。

在我的人生处于低谷，
你的美丽和坚强让我振作。
你是水、是空气、是大地和太阳，
在我心中永远古老而又新颖。

热木拜・毛林诺夫

（一九二一年至一九九三年）

诗人，曾任《哈萨克文学报》副主编，深受俄罗斯及西方文学影响。

战士归来

大地睁着期盼的眼睛，

眼里泪光闪烁，

队列两旁，母亲的目光，

寻找儿子杳无音信的身影。

多少人家炊火不再有生气，

多少父母失去儿女生命，

活着归来的士兵啊，

快看看你们可怜的母亲吧，

你们操劳的妻子，

已为你们铺好暖炕，她们多么幸运。

可知有个可怜的姑娘，

也曾天天守着你们出发的路线，

她除了像所有的母亲和妻子一样承受思念痛苦，

更承受难言的忧伤。

那年她心爱的人与你们一起出征，

出发前夜她身上有了小生命，

如今孩子已长大，

却不知道谁是自己的父亲。

活着回来的士兵啊，

不要匆忙，快看看这个孩子，

看看你们是否认得他的父亲，

那份死亡通知单一定有错，

谁能相信它说的是真的。

然而，士兵的队列却在面前沉默地走过，

向孩子和他母亲投来无助的目光。

松　殇

你在哪里啊，

我的战友！

难道你真的已在血泊中？！

在哪里啊，

我那高大的，像天之剑一样，

直插阵地的青松。

我醒来了，推开血蒙的眼皮，

你却不见了身影。

哦，我想起来了，明白了，

是你的倒下点燃了冲天的大火，

我亲爱的战友，

我轰然倒下的劲松，

多么的年轻。

哦，天啊，我该怎样面对家乡父老啊，

该如何告诉他们我丢了我的战友，

自己却在战场苟活偷生？！

梦醒之后

梦醒之后，

我是一片雨过天晴，

被雨水清洗过的树叶。

梦醒之后，

我是飞越南北半球，

降落湖面的候鸟。

梦醒之后，

我是碧波万顷的大海，

一朵自由的轻浪。

梦醒之后，

我是一阵风啊，

吹过浩瀚林海。

梦醒之后，

我将重显春风秋雨，

还暴雪过后，

荒原的苍茫。

梦醒之后，

我的思想，

便是新生的太阳，

遍野的山花，

在苍天和大地开放。

特涅什特克别克·阿布都卡克木
（一九五三年至今）

哈萨克斯坦颇具影响的诗人。

死亡之野上一块活着的石头

与其丈量词语的骨头不如关照它的忧伤，
何况古老的信仰就在库姆孜琴弦上。
日头下的荒漠却有一缕被风旋起的尘埃，
正把嘴探向低空一朵云的乳房。

旷野上是被太阳烤焦的山梁，浮肿的土岗，
还有那条我数次呐喊的土路，
几缕烟尘在旷野荒凉的腹脐上飘过，
让繁衍传宗的野茴茴草荡起白浪。

哦，我的荒野早被这荒凉臣服，
往事被一株孤独的苦艾记住，
只因绣线菊从不开花，
便有那铃铛刺，
把红花开成了自己的语言。

当人类一次次皱紧眉头，
泥土和天空的死期也一次次临近。
于是，火焰把火焰的风刮成了火的风暴，
堪比伊比利斯大脑中灼热的海浪。

黄昏里尘埃的波浪，
在干涸的河床涌动，
似奔突的马群。
陈积的羊粪堆下一群蛤蟆鼓噪，
盐碱的芨芨草丛里也有蚂蚱为生命祈祷。

那曾经的绿茵该如何生长啊，

这大自然已经换上了陌生的面孔。

独眼巨人的夜空，

歌唱的主角也变成漫天的蝙蝠。

多少次我感觉自己就要窒息了，

好在诗行不能被忧郁明灭。

如果有人能帮我找到这条河的源头，

我定用温暖的嘴唇亲吻她的额头。

大地如此饥渴，挂着不能散香的面纱，

不能散香本不该是它唯一的选择。

如果我能留住芳香的花种，

定牺牲目光里所有美好的珍藏。

当我的身体风化成粉末，

我渴望化作雨露然后汇成大河滋润大地，

但如果这荒凉的大地不再被染绿，

我要让所有的痛苦都坍塌，

把身体化作生命永恒的碑石。

泪伤毒

黄昏时分我走向，
红色光谱浮动的茋茋草滩。
头顶的空气却颤抖起来，
让浮躁的心越发躁动。

这苦恋的山，苦恋的梁，
或许已遭魔鬼的纠缠。
不然，怎么会有这颤抖的黄风，
吹得红狐瑟瑟发抖。

走在风中的小道，感觉着血液的沸腾，
又有几人知道孤独的我如何感受。
那曾经文静的山——我的兄弟，去了哪里，
那曾经温柔的风——我的姐妹，又在何方？

亲爱的大地，这柔弱的心怎能不为你哭泣，
寒冬腊月了竟不见一片雪花飞落，
我的土地啊，难道你就这样让魂魄远走他乡，
丢下遍地的伪针茅和莎草。

有哪位智者能帮帮我啊，
告诉我这一切究竟因为什么。
我不想再看到这饥饿的河床，
像疯狗一样无助地狂吠。

我的心——一只白色的圣犬开始流浪，

258

变成一只白色的乌鸦空对原野鸣叫，
这失意的亲亲草原啊，
难道只剩下了倒下后千年不朽的胡杨。

晨曦在啜饮昨夜星辰的露水，
人们却依然沉睡，
他们早已忘却今夕是何年何月，
而成吉思山的云却被连根拔起。

狂风的黑发在风中乱舞，
这荒凉的小路哪里是尽头。
而我分明不是一名过客，
要用泪水清洗苍老的皱纹。

海洋——我忧郁的田牛

曾经牛羊肥壮，
曾经好儿郎甘为妇孺承担重任，
曾经山雾打湿野山上盘羊的玉蹄，
今日荒地却见孤死羊头枯黄的犄角。

呃，我的亲人啊，我那爱吃炒肉丁的亲人！
可知道你们的谎言有多么沉重？
快去帮我找来一只盘羊的孩子，
看看我们的脸会怎样面对它们，
呃，我的亲人啊，我那爱吃炒肉丁的亲人！

荒原上盘羊蹄下曾经的涂鸦，
如今已被封尘……
这尘封或许有点恐怖，
拜托，别再争论什么了，
别忘了它们曾经比你家的羊多出数倍。

你们怎么还敢替自己争辩，
为猎人唱那死去的赞歌。
甚至有人还依然举着贪婪的枪，
让这本是文静的山峦怒发冲冠。

是的，那些个舌头们只会鼓噪，
高谈枪弹如何刺穿了大地的心脏。
不惜把深山的一只苍狼，
当作桌上的肉丁。

茫茫的原野越来越沉默，
可有几人能读懂它的深沉？
倒是旷野人家的门廊上，
挂着盘羊枯黄的头骨。

"羊头是一份绝妙的装潢"
或许是真的。
可是我的心却已被毒汁燎伤，
伤痛让心涛拍打心岸，
一只从海里爬出的田牛，
顶着一对枯黄的犄角……

古丽娜尔·萨勒銀拜耶娃
（一九六三年至今）

哈萨克斯坦颇具影响的诗人。

原谅我吧，我的亲人

原谅我吧，我善于包容的亲人
我的存在，本该感谢天地的接纳
是它宽恕了
我的存在
让我这样一个奴仆到人世间来

原谅我吧　我的亲人
我的爱这般炙热
爱到不肯放过任何一缕小风
尽管为爱一切的一切付出的心血
没有言辞可以用来道白

原谅我吧　我的亲人
如果我对苍生爱得太过
那是为了期盼你们的成功
为此，我不惜毁了我的全部
痛苦地坚守最后的焦土

原谅我吧　我的亲人
虽然你们可能不接受我信仰的
不能发现我追求的
而视我为一件用旧的家具
随手放在时间的某个角落

请原谅吧　我的亲人
原谅我的无知　我的鲁莽

我无度的爱带给你们的伤痛
但纵是万人咒我体无完肤
我也不会皱一下后悔的眉头

宽恕我吧　我的亲人
或许是我不能理解你们的心境
反倒伤了自己的内心
但还是求你们
原谅我跳动的心　我真挚的情
和心中永不知反悔的梦

原谅我吧　我的亲人
原谅我的误解
原谅我不能实现的梦
它们本是一条穿旧的花裙
早已失去当初的美丽

原谅我吧　我的亲人
原谅我那曾经化作粉末的等待
那曾经迷途的岁月
还有那深藏眼底
不能流出
只能咽下的泪水

原谅我吧　我的亲人
原谅我所有藏匿的痛
和不曾包扎过的伤口
原谅我手中这些
为了抒发无法摆脱诱惑的诗行

原谅我吧　尽管一生都在抒发
却从来没有说透的那句话
请原谅
这就是我
真实而笨拙的一生

原谅我吧　我的亲人
原谅世上有过我这么一个人
一无所有却活得真诚
原谅我
此生只剩下了这一片荒滩
期盼亲人的手染绿

原谅我吧　我的亲人
我还有太多的话没有说尽
感谢生命犹存给我可能
原谅我吧　我的亲人
原谅这我双充满爱的双眼
还有爱中凝望你们的眼神

伤心花

我的花儿伤心了
不肯绽开花瓣儿
好像一趟晚点的班机
没有穿过雷雨区

敏感的心总有亮底的时候
只要希望不被泯灭
晚点的航班总有到达的时候
只要你有足够的耐心

但是，等待何时结束？
谁来告知迟到的消息？
迟开的花心在别处
春天的脚步遥遥无期

生活的灶虽然越烧越旺
信任却日渐减少
唯有眼中的热望
一刻也没有停止

好梦不会很快结束
也就不会急着离开
我渴望生命唯一的航班
不要晚点，不要离开

太　阳

一、你的光，是重彩的

捧满我的手掌
我来到人世上
只为求得你的光亮
你也许以为我是芸芸众生
可我的到来是为了得到你的炙烤
我的到来，是为了我亲爱的邻居
为了你们我到来，为了爱

我的到来　是为了享受
一万年的等待
我的到来，为了让你
千万束光芒拴住我的灵魂

我的到来，载着希望
为自己铸一副金子的形象
让那黑夜
关闭沉重的大门

二、如果没有你的存在

我的存在也不能确定
大地的肌肤那许多的伤口
需要你的光之箭疗伤

一生没有尽头的搏击

延伸我的快乐周期

我像一朵疯狂的向日葵

从早向着你到太阳偏西

像举一团生命的火炬

把光亮把心声带到远方

那是一首为你的忠诚颂歌

发自心底最神圣的地方

你的光辉照耀万象

我们求你的安康

你是我的一首爱情之歌

反复不断的副歌

艾麦尔罕·巴赫特别克
（一九六九年至今）

哈萨克斯坦颇具影响的诗人。

瘦弱的我

一个开口说话晚的小孩子如果还不说话，人们就会用狗食盆给他喂水喝。有话说，这是一个祖传的遗规。而我，是一名亲历者。

瘦弱的我经历过伤痛，
不全因祖传的遗规过于严酷，
更因儿时晚开口学话，
经受狗食盆罚口的耻辱。

这耻辱记载着那份惨痛，
其实我还有更多难言的罪过，
今天我虽靠双手糊口，
一卷红舌却不需要任何报酬。

用狗食盆喝水的所有时辰，
心情记录了所有的幸与不幸，
红润的舌头为追随虚荣劳顿，而我，
却为承担祖传的遗规疲惫。

那狗食盆本是祖传的器物，
我却在城市陌生的街道，
为追求一个绝代的美人，
像一条狗一样狂奔。

这竟是一首时代的歌谣，
唱得多了却似在坟茔，
为舌头的味道不服的舌头，
我想还用狗食盆吃下菜肴。

270

信

你的美丽，成就我心中城府，
当你是一首歌，我便作受听的耳朵。
当你是天上行云，我便作一座高峰，
专门阻拦追你的乱风。

如果你是晨曦，我便是黎明的一道光亮，
用你的美丽，点燃明天我火样的希望，
一旦燃烧，我便不再熄灭，
顺势把自己变成一首火热的歌谣。

你的身影让我心动，
你却难懂我心中疼痛。
当你的草地干裂，
我定用天下之水湿润你的嘴唇。

你高飞时刻，我会落下，
享受你美丽的飞翔，
当山下七个村的人们向你祝福，
我却经受无边的寂寞。

害相思的病人内心总是蹉跎，
而这不是我可怜的承诺，
不知道，不知道怎样才能爱你，
只怪罪这舌头天生笨拙。

那就请告诉我，你全部的真话，

让我来喊叫，你保持缄默，

你手拿一朵石榴花，

我牵着的雄狮开口的时候，

你是听者，我是歌者，

我的四肢腾空而起，

证明我不是孬种而是雄狮。

一周又过去了，我又来了，

让你看看我还残缺地活着，

我要把所有故事倾诉在花前月下，

请你开门，并让讨厌的家狗闭嘴沉默。

激情时分

自然深处常有一股弦音,
撩拨一种莫名的感觉。
笔尖不能捕捉到它,
却见古老的铠甲早已着墨。

那是缤纷的色带蛇一般引诱的目光,
让四周的声响套住情愫,
那激荡的激情已不是激情,
尽管它在野地作证百花怒放。

于是,一切好像不曾发生,
只不过是一个新娘琳琅的嫁妆。
你这样想着把心向风打开,
向风乘凉,却不再把那弦音落在纸上。

树的物语

严寒穿透宇宙的脊梁，
我引向宇宙的风，
信仰比造化更纯粹，
我靠根基在宇宙中站立。

叶森哈力·饶山诺夫
（一九五七年至今）

哈萨克斯坦颇具影响的诗人。

村里有个亲家姑娘

村里有个亲家姑娘，
举手投足蜂蜜一样，
她在风中梳理秀发，
丝丝缕缕多漂亮。

她爱小河也爱山岗，
甜蜜的歌声风中飘荡，
好像银杯一汪美酒，
滋润心灵皆是金汤。

她像夜空一颗明星，
又明又亮还能疗伤，
虽说比我年长三岁，
三岁年长又有何妨。

常常梦她在我身旁，
仙女同舞《天上月亮》，
可惜她妈眼有怨气，
冷目一瞥让人心慌。

时光总是匆匆忙忙，
我伤在心笑在脸上，
门外雪山好像她娘，
冰冷窥伺我能怎样。

寒夜漫漫黑韵长长，

天上一弯寂寞月亮，
风在这夜远走他乡，
瓷碗破碎我心忧伤。

孤　独

点亮一盏灯，
赶走黑夜，
经文上说，
光是天使的化身。

我拨亮灯苗，
（渴望拨亮一个希望）
没有唤来白羽的天使，
却迎来，
一只扑火的灯蛾。

我等待的是天使，
何曾等待灯蛾，
难道我命中注定，
一只扑火的灯蛾，
来守护我的孤独和忧伤。

今夜这样寒冷，
或许该原谅这可怜的灯蛾，
外面股股寒风，
不停地敲打门窗。

那寒风暗地盯梢孤独的我们，
像一簇簇寒箭横空，
发出嗖嗖的声响，

并让灯苗幻灭，

灯蛾付出生命的代价，

难道守护孤独是为了明灭。

苦苦草

那一年夏营地酷热，
把野草和野花变得焦黄，
一个初当母亲的骆驼，
乳房红肿让它经受煎熬。

热风长长吹过原野，
太阳长长烤着天空，
年轻的母亲病痛难忍，
疼痛折磨不能给孩子喂乳。

年迈的主人——一个母亲，
（要为它做一古老的方子）
她在地上挖一个地灶，
采来苦苦草煮起汤药。

太阳骑着红马慢走天空，
地上的热气被炙烤红，
老夫人煮锅里的汤药，
唱起古老的《魔咒曲》。

一夜魔咒唱亮了天明，
唱得海面太阳红里透红，
晨光点亮了母驼的眼睛，
小驼第一次吃到了初乳。

年轻的母驼拉起长调，

唱摆脱苦难后的欢心，
谁知一棵无名的苦苦草，
有这么神奇的魔力。

人说这草是奥麻尔神的奇迹，
可谁晓得奥麻尔神在哪里，
倒是这荒原的野草，
显示生命震撼的魔力。

苦苦草虽然出身卑微，
生死郊外无人在意，
今天我要向你俯下身子，
向你献上心中最高敬意：

你是我故乡的春天，
是我家乡的珍藏，
让我懂得什么叫生在荒野，
什么是荒原生长的真谛。
哦，你这棵天下最无名的
野物——母亲草！

白冠鸡

白冠鸡呀，你们去了哪里，
留下这婴儿脑门儿一般松软的沼泽地。

我们亲爱的白冠鸡，白冠鸡，回家吧，
回来给那撂荒的林子一些慰藉。

你们荒弃的巢穴正让湖水哭泣，
逃荒来的野鸟怎能成为这故乡的美丽。
你的家在这里，是山，是绿坡，是草甸，
怎能忍心扔给流浪汉来栖息。
白冠鸡呀，我们的鸟，快回家歇息。

译后记

　　本译本所选取的哈萨克经典诗人及作品，主要依据了国内及国外研究、教材及相关出版物。但需要说明的是，译本所选诗人及作品并不能完全反映哈萨克经典诗歌全貌：一是由于选本的定位主要是"选译"，因此，既无法涵盖所有经典诗人，也无法涵盖所有经典诗歌作品；二是由于译者阅读文本有限，无法掌握所有经典文本，在选择中难免缺漏；三是由于译本本身篇幅所限，无法选取诗人更多代表作，特别是近代和当代诗人作品量大，无法做到面面俱到；四是由于译本原文文本有限，特别是早期诗歌，由于受到口传影响，相关出版物本身文本都有部分章节丢失，而且大多无题。为方便汉语系读者阅读、研究，译者在处理文本时，有意增加了标题。

　　另外需要说明的是，为了突出本译本所选诗歌的年代感，译者在翻译文本的"音、形、意"时，在尽量做到"忠实，通顺"的前提下，还特别注重了不同时期诗歌的风韵。比如，早期阿桑海格的诗，在形式上参照了汉语古体诗的风韵；十七世纪、十八世纪诗歌，虽不能与中国古代边塞诗歌划在一起，但它们却带有较浓的中国边塞诗的风骨，因此在翻译时，注重了这一时期"边塞诗"的年代感。从另一方面来讲，译本也欲通过这一尝试，尽力表现和保留这些诗歌的艺术形象。

　　本译本为突出经典诗歌的"文本性"，在选择诗人时没有将口头诗人或民间阿肯[1]和他们的作品纳入译本中。比如二十世纪著名的民间阿肯江布勒·贾巴耶夫等。因为，这类诗人和他们的作品可划在另一诗

　　1　阿肯：哈萨克族的游唱诗人，通过诗歌创作、吟咏抒发激情，通过诗歌讴歌祖国的大好河山，通过诗歌传颂人间真善美，主要有民间阿肯和书面阿肯两类。

歌体例中。

　　总体上说，本译本尽可能做到给中国读者及研究者提供一个有关哈萨克斯坦文学的较为完整的哈萨克诗歌印象。但由于译者水平有限，阅读有限，仍有很多不尽如人意的地方，还望读者给予谅解。

叶尔克西·胡尔曼别克

二〇一七年三月二十六日于乌鲁木齐

总　跋

　　经过两年多时间的筹备与组织，"'一带一路'沿线国家经典诗歌文库"终于将陆续付梓出版，此刻的心情复杂而忐忑，既有对即将拨云见日的满满期待，更有即将面见读者的惴惴不安。

　　该项目于二〇一五年下半年开始酝酿，其中亦有不少波折和犹疑。接触这个项目的所有人都无一例外地认为，这是应该做而且只有北大才能做的事情，也无一例外地深知它的难度。

　　"一带一路"跨度大、范围广，多语言、多民族、多宗教、多文明交融，具有鲜明的文化多样性特征。整个沿线共有六十余个国家，计有七十八种官方或通用语言，合并相同语言后仍有五十三种语言，分属九大语系。古丝绸之路尽管开始于政治军事，繁荣于商旅交通，但其更重要的意义在于促进了人类文明的交往。它连接了中国、印度、波斯和罗马等文明古国，跨越埃及文明、巴比伦文明、印度文明、中华文明的发祥地，是东西方文明交流互鉴的重要通道。

　　如何更好地展现"一带一路"沿线人民的文化特质和精神财富，诗歌无疑是最好的窗口。诗歌是文学王冠上的明珠，精敛文学之魂魄，而经典诗歌则凝聚着各个国家民族的文化精神和文化理想，深刻反映沿线国家独有的价值观和对世界的认识。长期以来，中国学界和出版界一直比较重视欧美发达国家诗歌的译介与研究，对发展中国家尤其是一些弱小国家的诗歌研究存在着严重忽略的现象。我们希望通过对"一带一路"沿线国家经典诗歌的研究，深刻地了解一个国家，理解它的人民，与之建立互信，促进国内学界对"一带一路"沿线国家文学、文化和文明的了解，弥补我国诗歌文化中的短板，并为中国诗歌走向世界提供思路和借鉴，从而带动与"一带一路"沿线国家的深层次交流，为中国的对外交往和"一带一路"倡议的实施提供人文支撑。

北京大学外国语学院组织国内外相关领域的专家学者，于二〇一六年一月，正式启动"'一带一路'"沿线国家经典诗歌文库"项目。该项目以北京大学人文学科的优良传统和北大外语学科的深厚积淀为基础，以研究和阐释"一带一路"沿线国家厚重的历史、文化内涵为己任，充分发挥本学科在文学、文化研究领域的传统优势和引领作用，积极配合和支持国家的"一带一路"倡议，为中外优秀文化的研究、互鉴和传播做出本学科应有的贡献。

北京大学外国语学院牵头组织的"'一带一路'沿线国家经典诗歌文库"项目，旨在翻译、收集、整理和编辑"一带一路"沿线六十余个国家的诗歌经典作品，所选诗歌范围既包括经典的作家作品，也包括由作家整理的、具有广泛影响力的史诗、民间诗歌等；既包括用对象国官方语言创作的诗歌，也包括用各种民族语言创作、广泛传播的诗歌作品。每部诗集包括诗歌发展概况、诗歌译作、作者简介等三个部分。

在此基础上，形成由五十本编译诗集构成的"'一带一路'沿线国家经典诗歌文库"第一批成果，这将弥补中国外国文学界在外国诗歌翻译与研究方面的不足，特别是对部分"一带一路"沿线国家的经典诗歌开展填补空白式的翻译与原创性研究工作具有重大意义，同时对沿线诸多历史较短的新建国家的文学史书写将具有十分重要的价值。

该项目自启动以来，先后成立了编委会和秘书组，确定项目实施方案、编译专家遴选以及编选的诗歌经典目录，并被确定为北京大学一百二十周年校庆的重要出版项目之一，得到学校、校友及社会各界的大力支持，建立起以北京大学外国语学院为核心，汇集国内外相关领域知名专家学者、翻译家的翻译、编辑团队，形成了一个具有高度共识和研究能力的学术共同体。

在这个共同体中的每个人都是幸福的，与诗为伴，以理想会友，没有功利，只有情怀。没有人问过我们为什么要做，每个人只关心怎样可以做得更好。无论是一无所有之时还是期待拿到国家出版基金支持之日，我们的翻译团队从没有过犹豫和迟疑，仿佛有没有经费支持只是我一个人需要关心的事情，而他们是信任我的。面对他们，我没有退路，唯有比他们更加勇往直前。好在我一直是被上苍眷顾和佑护的人，只要不为一己之利，就总能无往不胜。序言中，赵振江教授说了很多感谢的话，都代表我的心声，在此不再重复。我想说的是，感谢你们所有人，让我此生此世遇见你们。如果可以，我还想在此感谢我的挚爱亲人，从没有机会把"谢谢"说出口，却是你们成就了今天的我。

希望通过我们台前幕后每一个人的努力，把"'一带一路'沿线国家经典诗歌文库"项目打造成沿线国家共同参与的地域性的文化精品工程，使"文库"成为让古老文明在当代世界文化中重新焕发光彩、发挥积极作用的纽带和桥梁。

人也许渺小，但诗与精神永恒。

宁　琦

写于二〇一八年"文库"付梓前夜，北京

图书在版编目（CIP）数据

哈萨克斯坦诗选 / 赵振江主编；叶尔克西·胡尔曼别克编译 .
—北京：作家出版社，2019.8（2019.9 重印）

（"一带一路"沿线国家经典诗歌文库 . 第一辑）

ISBN 978-7-5212-0481-0

Ⅰ.①哈⋯　Ⅱ.①赵⋯ ②叶⋯　Ⅲ.①诗集—哈萨克
Ⅳ.① I361.2

中国版本图书馆 CIP 数据核字（2019）第 067409 号

哈萨克斯坦诗选

主　　编：赵振江
副 主 编：蒋朗朗　宁　琦　张　陵
编 译 者：叶尔克西·胡尔曼别克
选题策划：丹曾文化
责任编辑：懿　翎　方　焱
装帧设计：曹全弘
出版发行：作家出版社有限公司
社　　址：北京农展馆南里 10 号　　邮　　编：100125
电话传真：86-10-65067186（发行中心及邮购部）
　　　　　86-10-65004079（总编室）
E-mail:zuojia @ zuojia.net.cn
http://www.zuojiachubanshe.com
印　　刷：北京通州皇家印刷厂
成品尺寸：160×240
字　　数：428 千
印　　张：19.25
版　　次：2019 年 8 月第 1 版
印　　次：2019 年 9 月第 2 次印刷
ISBN 978-7-5212-0481-0
定　　价：67.00 元
